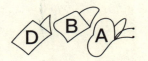

Juan Cárdenas

O diabo das províncias

Fábula em miniaturas

Tradução

Marina Waquil

El diablo de las provincias © Juan Cárdenas, 2017
c/o Indent Literary Agency
www.indentagency.com
© 2024 DBA Editora
1ª edição

PREPARAÇÃO
Eloah Pina

REVISÃO
Carolina Kuhn Facchin
Laura Folgueira

DIAGRAMAÇÃO
Edgar Kendi Hayashida

CAPA
Beatriz Dórea e Isabela Vdd (Anna's)

Impresso no Brasil/Printed in Brazil
Todos os direitos reservados à DBA Editora.
Alameda Franca, 1185, cj 31
01422-005 — São Paulo — SP
www.dbaeditora.com.br

Dados Internacionais de Catalogação na Publicação (cip)
(Câmara Brasileira do Livro, sp, Brasil)

Cárdenas, Juan
O diabo das províncias : fábula em miniaturas /
Juan Cárdenas ; tradução Marina Waquil. -- 1. ed.
São Paulo : Dba Editora, 2024.
Título original: El diablo de las provincias.
ISBN 978-65-5826-084-4
1. Ficção colombiana I. Título.
CDD-co863   24-205408

Índices para catálogo sistemático:
1. Ficção : Literatura colombiana co863
Aline Graziele Benitez - Bibliotecária - CRB-1/3129

Para a dra. Esperanza Cerón, minha mãe.
Para as minhas irmãs, Alejandra e Juliana.

As mãos criadas com imenso esforço pelos símios pendem
das mangas dos evangélicos.
Robert Bly

Se consentir, nem você nem nenhum outro ser humano
jamais nos verá novamente; irei para as vastas matas da
América do Sul. Meu alimento não é o mesmo que o do
homem; não destruo o cordeiro e o cabrito para saciar meu
apetite; nozes e frutas silvestres me fornecem sustento
suficiente. Minha companheira será da mesma natureza que
a minha e se contentará com a mesma refeição. Faremos
nossa cama com folhas secas; o sol irá luzir sobre nós assim
como sobre o homem, e amadurecerá nosso alimento. O
retrato que lhe apresento é pacífico e humano, e você deve
estar sentindo que só poderia negá-lo por um capricho de
poder e crueldade.[1]
Mary Shelley, Frankenstein

Ou realmente nos perdemos na floresta?
Enrique Lihn

---

1 SHELLEY, Mary. *Frankenstein*. Trad. Fábio Bonillo. Rio de
Janeiro: Antofágica, 2023.

1

Quando tudo parecia estar cada vez pior, conseguiu a vaga como substituto no internato feminino. A diretora do instituto de educação normal lhe explicou que a professora estava em licença-maternidade e por isso o haviam procurado com certa urgência. Ele fez as contas: pagavam mal, eram muitas horas, mas àquela altura não tinha nada melhor. Acabara de chegar depois de viver mais de quinze anos fora do país, e lhe bastaram algumas semanas no sofá da casa de um amigo, no centro da capital, para perceber que seus diplomas estrangeiros não lhe garantiriam vaga em nenhuma universidade de alto nível. Pessoas como ele, com credenciais iguais ou melhores, haviam se tornado uma mercadoria vulgar. Então resolveu que o melhor seria diminuir as expectativas, tentar a sorte na universidade departamental e passar um tempo na casa da mãe. Comprou a passagem de avião mais barata que encontrou e se despediu do amigo, o único que lhe restava na capital, um dos poucos que lhe restavam no mundo. Eles se conheciam desde a infância, quando ambos sonhavam em escapar da esclerose de sua pequena cidade imaginando países remotos. Seu amigo perguntou se ele realmente achava que era uma boa ideia. Olha, aquilo lá é um pesadelo, disse, pensa bem. Você pode ficar aqui o tempo que precisar. O biólogo deu de ombros e sorriu para que o outro entendesse que a cidade pequena, a quasealdeia, aquele lugar conservador e atrasado de que tanto zombavam para afastar o estigma de terem nascido ali, enfim tinha conseguido dar o troco. Volto com o rabo entre as pernas, disse o biólogo, jocoso e solene, me entrego ao meu destino, e o amigo riu sua risada de animal assustado. Não havia outra opção. Precisava aprender a tocar na ferida e a sorrir sem desprezo, até com certa gratidão, celebrando que o senso de humor provinciano também tivesse se revelado uma pequena doutrina determinista. Vê se te cuida e manda um oi meu pra tua mãe, disse o amigo, com o sotaque de lá. Sempre se falavam desse jeito, sem recorrer à melódica formalidade com que alguns conterrâneos tentavam disfarçar os coloquialismos, a ironia cúmplice, as consoantes aspiradas, o dialeto tosco do sul que o biólogo, apesar dos anos de exílio voluntário, não havia perdido completamente.

Uma semana depois de estar morando na casa da mãe, ligaram para ele do internato. Uma voz histriônica lhe disse que alguém de confiança o havia indicado, e o biólogo ficou se perguntando quem seria o benfeitor inesperado. Precisou que repetissem duas vezes todas as informações, não tanto porque não tivesse ouvido, mas porque não conseguia assimilar direito como seria seu dia a dia, ao menos por um tempo: ia ser substituto nas matérias de biologia e ecologia em quatro turmas de um internato feminino, nos arredores da cidade anã.

Alguns dias depois, enquanto dirigia pela estrada num surrado Mazda 323 e o sol da manhã mostrava aos poucos a ondulação dos cafezais e o azul da cordilheira, se encheu de entusiasmo e pela primeira vez teve a impressão de que, no fim das contas, poderia viver ali de novo e se acostumar. Eu me adapto, pensou, sorrindo ao usar essa palavra. Mas quase imediatamente ficou na defensiva: esta paisagem mente como o diabo.

2

O colégio tinha três prédios, um muito grande de três andares com um pátio de cimento, outro menor, onde ficavam os dormitórios das meninas e a capela. Tudo tinha sido pintado de um azul-esverdeado que brilhava com a umidade permanente daquela paragem montanhosa e morna. Enquanto esperava a diretora num corredor externo, o biólogo ficou olhando para um nicho em forma de concha que abrigava uma figura da Virgem. Era uma estátua humilde, feita de gesso, que não parecia despertar o fervor de ninguém, abandonada à própria sorte no meio da parede, onde a duras penas cumpria uma duvidosa função decorativa. O biólogo não teve tempo de imaginar as razões daquele desamparo porque naquele momento a diretora apareceu e pediu a ele que entrasse em seu gabinete. À queima-roupa, soltou a história da licença-maternidade da professora titular. É temporário, avisou. Também não fez muitos rodeios para falar do salário e da carga horária. Parecia uma mulher decidida, sem tempo a perder, tanto que o biólogo se deixou levar por seu entusiasmo executivo e disse sim a tudo como se estivesse ingressando numa empreitada colonial ou numa expedição científica.

Separaram uma mesa na sala dos professores para ele. Não a que lhe corresponderia como substituto da professora titular — essa ficara para uma jovem que ensinava matemática —, mas uma muito pequena, em frente à janela da qual se avistava a quadra de basquete, uma horta e uma cerca que margeava um terreno onde algumas vacas pastavam.

Os primeiros dias foram tranquilos, exatamente como ele havia imaginado. As alunas se comportavam muito bem, embora não demonstrassem muito interesse pelo que ele tentava lhes ensinar. Andavam todas impecáveis, com o uniforme bem passado e os penteados-padrão, que eram três: cabelo solto, rabo de cavalo e penteado para trás, preso por uma discreta tiara. Era proibido usá-lo muito curto, colorido, com volume, mechas ou qualquer coisa que pudesse chamar a atenção.

A maioria das alunas vinha de povoados do sul do departamento, embora também houvesse algumas meninas negras da costa do Pacífico, certamente filhas de funcionários públicos ou de professores da região, aos quais bolsas de estudo ou descontos na mensalidade eram concedidos. Eram apenas dez da cidade anã, e metade estava grávida.

Uma dessas meninas, que exibia uma barriguinha pontuda por baixo do suéter folgado do uniforme, interrompeu-o durante uma aula em que conversavam sobre Darwin e a Teoria da Evolução. Perguntou a ele se Deus havia feito cada animal e cada planta ter uma tarefa específica. E o biólogo, sem conseguir interpretar o súbito interesse da garotinha, mas igualmente entusiasmado com a possibilidade de lhe ensinar algo, começou a explicar que não necessariamente, que, assim como havia alguns traços desenvolvidos para um fim específico, também havia muitos casos em que a evolução parecia ir contra a lógica, contra o modelo. Digamos que a natureza não para de inventar coisas, mas boa parte do que inventa fica inútil por milênios, e é comum que uma adaptação se atrofie ou, ao contrário, mude sua utilidade. Vejamos o exemplo do abacate. O abacate é um exemplo muito bonito. As plantas começaram a desenvolver esse fruto tão gostoso para que fosse consumido por grandes mamíferos chamados gonfotérios, muito parecidos com os elefantes, que viviam nas florestas da América Central. Para quase todo animal contemporâneo, teria sido impossível digerir uma fruta com um caroço tão grande, mas não para os gonfotérios, que tinham um enorme trato digestivo e, assim, conseguiam dispersar os caroços. Jogada de mestre do abacate, vocês vão dizer, mas o fato é que os gonfotérios foram extintos há pouco menos de dois milhões de anos e, nesse ínterim, os abacates continuaram existindo sem nenhuma variação importante. É como se os abacates não tivessem percebido que os gonfotérios deixaram de existir há muito tempo e acreditassem que sua estratégia evolutiva ainda serve, quando a verdade é que tudo mudou e eles não percebem, os abacates vivem sua vida em função de um fantasma...

O biólogo parou de repente porque agora a jovenzinha da barriga pontuda olhava para ele como se olha para um louco. Obrigado pela pergunta, disse, antes de continuar a lição do livro didático. A certa altura ele se virou para escrever algo no quadro e ouviu uma vozinha espirituosa dizendo: então os abacates dos páramos eram para uns elefantes pequenininhos? Houve algumas risadas, nada com que se preocupar. A aula voltou ao normal e ele conseguiu terminar a lição sem que ninguém o interrompesse outra vez.

A brincadeira se referia a uns abacates pequeninos, do tamanho de uma ameixa, que crescem selvagens em ecossistemas de altitude. Talvez a pergunta fosse relevante, pensou o biólogo, sorrindo por dentro. Sentado em sua mesinha na sala dos professores, com o olhar perdido na quadra de basquete vazia, fantasiou encontrar os restos fossilizados de um elefantinho do tamanho de uma caixa de sapatos.

3

Depois do trabalho, acompanhou sua mãe ao supermercado. Encheram o porta-malas do Mazda de sacolas e, na volta para casa, conversaram sobre o quanto a cidade anã havia crescido, sobre a quantidade de prédios e conjuntos residenciais que estavam sendo construídos, sobre o evidente progresso que a mãe enxergava demonstrado matematicamente pelo fato de que agora contavam com dois grandes centros comerciais, sempre cheios de clientes. Dois, repetiu ela com os dedos em forma de antena, e vão fazer outro na saída norte. Depois, apontando para umas torres de apartamentos recém-construídas à beira da rodovia, garantiu ao filho que as coisas haviam melhorado muito. Já deu certo, disse, e o biólogo assentiu sem muita convicção, embora reconhecesse em segredo a prosperidade de sua mãe. Não à toa conseguira se mudar para um empreendimento de casas novas em um bairro de gente abastada, perto do Batallón, logo atrás da pista do aeroporto, onde felizmente não aterrissavam mais que dois voos por dia, além de, às vezes, algum teco-teco desses que iam para a costa do Pacífico. O biólogo achava a casa nova desconfortável em comparação à antiga casa do centro.

O projeto seguia modas bobas e automáticas que andavam se espalhando como uma praga pela cidade. E isso o fez pensar no lugar-comum de que as formas da natureza tendiam a se replicar com a mesma intensidade, mas com muito mais sucesso estético do que as obras humanas. O fato é que não havia um único espaço em toda a casa nova que o biólogo achasse acolhedor, nenhum canto que estimulasse alguma atividade enriquecedora para o espírito. Nem a sala, nem os quartos, nada era muito convidativo, como se a casa fosse composta exclusivamente por corredores e escadas, e o biólogo não pudesse fazer nada além de andar de um lado para o outro, subir e descer, entrar e sair, abrir e fechar a porta da geladeira, às vezes aninhar-se na frente da televisão. Atividades puras, pensava ele, esvaziadas de qualquer sentido e que, por outro lado, eram mais uma consequência de sua renovada condição de filho. Algumas noites, quando a mãe já tinha ido dormir, o biólogo saía para o jardim para sentir o ar fresco e fumar um baseado sentado em uma velha cadeira de balanço. Era o único momento de sossego que tinha naquela casa, quando alguma coisa dentro dele se afrouxava e, por alguns minutos, com o baseado fumegando entre os dedos, podia ver caindo sobre a grama úmida o amontoado de coisas ainda pulsantes e encharcadas recém-esfareladas: a cidade do outro lado do mundo, frases em outros idiomas, as cortinas do minúsculo apartamento onde havia morado nos últimos dois anos depois de se divorciar, o cheiro enjoativo de temperos e gordura de cordeiro que entrava pela janela do pátio interior e que acabava impregnando todas as suas roupas, pedaços de memória recente que ele tentava processar e esticar como se recheasse uma espécie de salsicha com resíduos, ansioso, mas ao mesmo tempo aterrorizado pela possibilidade de tropeçar em algum objeto que desse consistência e sentido ao conjunto. Porque ele suspeitava que, no fim, a luz, a superfície suave com que essa ou aquela recordação lhes eram apresentadas, a iminência de um cheiro feliz que não chegava, tudo isso estava secretamente coberto por uma ordem, por uma diretriz que ainda não estava formulada para ele. Essa era a minha vida, é tudo o que podia dizer. Essa era a minha vida e deu tudo errado. Havia um arranjo nessas coisas, inclusive na administração das situações dolorosas, como o divórcio. Até o fracasso fazia parte do aceitável. O fracasso profissional, o fracasso amoroso, coisas que não eram motivo de condenação porque no fim, com o devido treinamento, se superava o fracasso mantendo-se dentro do fracasso, como fazem as azeitonas velhas no vinagre, deixando o tempo passar no balcão do bar, ruminando e desconstruindo clichês com algum veterano de outro naufrágio que, com sorte, lhe daria sábios conselhos sobre como racionar o dinheiro do subsídio estatal, em meia fase, para continuar cultivando todos os vícios em meio à pobreza. Claro, ele estava ciente de que os gatilhos haviam sido externos, o cancelamento do projeto de pesquisa, os cortes em todos os programas científicos. O resto consistira em deixar-se cair ladeira abaixo, arrastado pela pura inércia do golpe. Mas o biólogo estava convencido de que na queda seguinte, naquele deslize lento e rotineiro que veio depois, estava escondido um segredo a respeito dele mesmo, de sua constituição mais íntima, algo que, no fim, lhe conferia uma identidade e até um estilo. Eu sou essa forma de cair, pensava, dando mais uma vez a última tragada no baseado. Eu sou basicamente essa forma de se deixar ir. Depois atirava com dois dedos o resto do bicho fumegante, quase uma pitada de cinza que ia morrer sem queixas na grama molhada, rodeada pelo canto de mil sapinhos. Então recobrava aos poucos a consciência de onde estava, de volta à cidade anã, deste lado do mundo, na casa da mãe, e se sentia culpado por saber que ela estava sendo tão generosa e compreensiva. A ponto de não externar nenhum gesto de censura, nada que deixasse evidente o que ele sabia que, no fundo, a mãe pensava: dos seus dois filhos, o mais velho era o menos preparado para enfrentar o mundo. E que era uma pena que a vida tivesse mostrado o seu lado mais cruel. Porque, sendo bem francos, ela teria preferido que o escolhido para uma morte prematura fosse o biólogo e não o filho mais novo, que era o verdadeiro tesouro de sua alma, a luz de seus dias, o amor fantasma, o abacate primordial do pai ausente. Porque assim ela havia determinado e, no entanto, a vida foi tão cruel, tão cruel, que distorceu tudo o que ela planejara sem planejar, tudo o que desenhara nas profundezas do sonho mais profundo, no tabuleiro do coração. Isto é: que o filho mais novo superaria o filho mais velho. Que o filho mais velho seria o rascunho e o mais novo, a versão final. Mas a vida é cruel, muito cruel, ela dizia sempre que podia, a vida é dura e ao mesmo tempo instável, insensata, e também é governada por uma geometria que não podemos entender, só sentir na própria pele, e, quando se elabora um plano, quando se projeta uma ideia e desenha e forja e esculpe, a vida sempre se encarrega de deformar tudo, como se essa vida fosse governada por demônios malignos, amantes das reviravoltas e não da linha reta, por sátiros caprichosos e não por Deus e que Deus me perdoe mas às vezes acredito que Deus está na morte e não na vida porque a morte é o descanso eterno, a luz perpétua da retidão. Por outro lado, a vida, isso que chamam de natureza, é obra do diabo, que se alia às feras, às cobras, ao escorpião. O diabo faz ninho no olho do pássaro, na casca pintada do ovo, na garra da besta, no rastro de penas, no redemoinho do rio.

4

Uma manhã começou a cair sobre a cidade anã uma chuva muito fina que não parecia chuva, mas suor escorrendo da pele das coisas. Nuvens espessas de cor âmbar desceram da cordilheira, desfilaram pelo vale inteiro, pousaram na pista de aterrissagem do aeroporto e enfim entraram nas ruas da parte residencial. Da janelinha do banheiro, com a escova de dentes na boca, o biólogo viu uma fileira de casas se apagar, o carro azul do vizinho, um ipê que ainda não se animava a dar flores, duas crianças esperando o transporte escolar numa esquina.

Sua mãe costumava acordar tarde e quase nunca cruzava com ele na hora do café, mas, como naquela manhã ela tinha que ir ao médico, sentaram-se juntos à mesa, enquanto uma jovenzinha indígena os servia em silêncio.

No rádio falavam com entusiasmo das novas estradas que estavam sendo construídas em todo o departamento, sobre os investimentos multimilionários que o governo federal vinha fazendo na região. Haviam trazido para o programa dois convidados de partidos políticos rivais que discutiam qual deveria ser o destino das participações da mineração e do petróleo. A mãe deixava o café esfriar, muito atenta ao debate. Já para o biólogo, não havia nenhum debate, porque os dois candidatos propunham fórmulas idênticas e nem se preocupavam em parafrasear um ao outro com o mínimo esmero. A única diferença estava no tom. Um deles queria parecer bom de diálogo, sereno. O outro, por sua vez, era enfático, impetuoso e em alguns momentos sua voz adquiria tons apocalípticos. A mãe tinha clara preferência pelo último e o encorajava com risadas e tapas delicados na mesa. O biólogo perguntou quem era o energúmeno. Ela ignorou o insulto e disse que era um amigo seu, empresário, criador de cavalos, para ser mais exata, e um dos convocados para mudar o destino deste departamento. Dando os últimos goles, o biólogo prestou atenção nas vozes do rádio que se entrelaçavam como duas cobras no ar quente da cozinha, vozes nervosas, excitadas, sempre no limite da estridência, esfregando-se violentamente contra as palavras, duas línguas lubrificadas oportunamente pela língua oleosa do orador.

Na cidade anã a neblina só se dissipou no final da manhã. E no internato demorou ainda mais. Um raio de sol perfurou as nuvens e chegou à sala de aula onde o biólogo falava sobre a importância de proteger a fauna local. As meninas bocejavam. Nas pastagens vizinhas as marrecas grasnavam. Era como se o dia tivesse se recusado a começar do início, um dia fracassado que ia apagando com o cotovelo o que acabava de fazer com a mão, uma simulação de sexta-feira que, de uma forma ou de outra, estava decidida a engolir a espiral do tempo, só para poder vomitá-la à noite.

Mais tarde se viu almoçando no refeitório com o negro gordo que dava aula de educação física e com a jovem professora de matemática, aquela que lhe roubara a mesa.

O biólogo sentiu que estava sendo interrogado. Queriam saber se o contrato dele era temporário, se era verdade que ele havia estudado no exterior, faziam as perguntas como se uma força superior os tivesse autorizado. O biólogo respondia a tudo com evasivas, algo entre vago e cortês. A certa altura da conversa, o negro gordo deu a entender que naquele colégio quase todos os professores tinham chegado com a ajuda de algum empurrãozinho político e ele queria saber qual era o do biólogo. A pergunta o pegou desprevenido. A verdade é que ele não sabia quem o havia recomendado para o cargo e, justamente quando ia dizer uma coisa qualquer, veio à sua mente a voz sedutora do amigo de sua mãe, o empresário e criador de cavalos que falava no rádio. Abriu e fechou a boca, escondeu a perplexidade o melhor que pôde e acabou respondendo com relutância que nunca havia ganhado nada na vida. A jovem professora de matemática deu um sorrisinho que o biólogo achou exagerado. Ainda está aprendendo a ser sarcástica, pensou, mas está indo bem.

Depois do almoço o céu voltou a se fechar. E, no momento menos esperado, desabou um senhor aguaceiro, com a água caindo aos baldes sobre as árvores desgrenhadas e alguns raios muito estranhos que, em vez de se lançarem ao mundo num mergulho, agitavam-se desconfortavelmente no céu e iluminavam o interior nervoso das nuvens cinzentas. O biólogo continuava pensando na questão de seu benfeitor. Teria que averiguar com a mãe, arrancar-lhe tudo com delicadeza e astúcia feminina, vencê-la em seu terreno. Embora também fosse possível que a mãe não tivesse nada a ver com aquilo, claro, sempre podia imaginar que seu destino não dependia exclusivamente do microcosmo familiar, e isso o aliviava, mas também trazia um novo tipo de inquietação.

Deu as duas últimas aulas da tarde como um robô. A certa altura, a menina da barriga pontuda levantou a mão. Queria ouvir sobre os abacates de novo, queria saber como os gonfotérios tinham sido extintos. Hoje não, disse o biólogo. A jovem fez uma última tentativa: Deus tem um plano para todos, disse, até para o abacate. O biólogo bufou com impaciência e continuou a aula.

5

À noite as ruas da cidade anã ainda estavam molhadas. O biólogo entrou em um bar do centro, mas, em vez de encontrar o díler que lhe vendia maconha, cruzou entre as mesas de sinuca com uma mulher que quase se jogou em seu pescoço. Sorriu confuso e retribuiu os beijos, os abraços, tentando prolongar o tempo para ver se conseguia localizar um nome, uma circunstância. A lembrança da mulher era agradável. Por isso não evitou a troca de frases maçantes, nem o contato repetido. Vem com a gente, ela lhe disse, toma alguma coisa. E ele se deixou levar pela mão, mais confuso do que feliz, até uma das mesas de sinuca onde estava um grande grupo de pessoas que ele não conhecia. Alguém pôs uma cerveja em sua mão enquanto a mulher lhe contava que agora tinha uma produtora de cinema e televisão na capital. Os que estavam na mesa de sinuca eram sua equipe de trabalho. Amanhã vamos todos para a fazenda, cê não quer vir? O biólogo olhou a mulher nos olhos para confirmar se o convite era sério e não aquelas coisas que se diz por educação. Tinham se visto pela última vez no velório do irmão, dez anos antes. Estamos iguaizinhos, ela repetia o tempo todo, não mudamos. Cê tá um pouco mais magro, mas de resto te achei idêntico, nem parece que os anos passaram.

O biólogo sorria, desviava o olhar e tomava golinhos da garrafa de cerveja. Me contaram que você tinha voltado, ela disse, não lembro quem. Voltei, voltei, respondeu o biólogo, um pouco constrangido porque, à medida que a conversa avançava, ele ia se lembrando de outros detalhes. A mulher havia sido a falsa namorada de seu irmão por anos. A amiga disponível e cúmplice que servia de cortina de fumaça para que o filhinho preferido da mamãe pudesse encobrir sua vida de bicha. Olhando para os jogadores de sinuca, quase todos homens, o biólogo pensou que ela era o tipo de mulher que se cercava de amigos homossexuais. A verdade era que ele não sabia quase nada sobre ela, embora se conhecessem desde a adolescência e, no dia do velório do irmão, tivessem se trancado no banheiro para cheirar pó na tampa do vaso sanitário.

Naquele momento o díler apareceu e fez um sinal para ele do outro lado do salão. O biólogo pediu desculpas à amiga. Tenho que ir, disse, e ela o lembrou do convite para passar o fim de semana na fazenda. Passo pra te buscar?, perguntou. Onde você está ficando? O biólogo não respondeu à última pergunta. Não precisa, vou no meu carro, disse. Se despediram com um abraço que ela tentou prolongar, e o biólogo não entendeu se aquela demora era por causa da lembrança do irmão ou pela confusão sentimental no banheiro no dia do velório. Será que tinham feito mais alguma coisa além de ficar chapados e chorar? O biólogo se lembrou do vestido preto, da mão nas meias de seda preta, do cabelo loiro ficando sujo com a maquiagem borrada e as lágrimas. Obrigado pelo convite, até amanhã, disse, enquanto as mesmas imagens voltavam a passar por sua cabeça. O cabelo, as meias de seda. Ele havia mesmo acariciado as pernas dela no banheiro?

Sob um quadro enorme que representava cachorrinhos de diversas raças jogando bilhar, o díler lhe estendeu a mão macia e fria. E aí, disse, erguendo as sobrancelhas. Tudo na paz?

6

Sentaram-se para fumar num banco da praça central. O díler, que tinha cabelos compridos e um nome desses que as pessoas de bairros violentos usam, era o mais próximo de um amigo que o biólogo tinha conseguido desde seu retorno. Não sei se estou ficando muito viciado, sei lá, disse o díler, olhando para o nada. A praça estava serena e bonita, com pouca gente, e a luz saía dos postes como um pó antigo. Não sei, disse, mas ultimamente tenho inventado de tomar banho no escuro. O biólogo soltou uma baforada amarelenta e olhou para ele com estranheza. No escuro? Sim, agora só tomo banho com a luz apagada, totalmente no escuro, continuou o díler, trancado no banheiro e com água quente. Você deveria experimentar. No começo dá medo, mas depois cê ganha confiança, se acostuma e a coisa fica num clima bem astral, muito louco. O biólogo não conseguiu conter o riso. Você tá virando um xamã ou o quê?, perguntou. O díler costumava ser imune às zombarias que lhe dirigiam, mas desta vez queria ser levado a sério e preferiu ficar quieto, impassível, soltando a fumaça para que dançasse sob a luz do poste. Cara, você não entende, soltou. Antes eu tomava banho com música, era bagunceiro e até me metia a dançar enquanto me lavava. Agora não consigo fazer uma coisa dessas, tudo tem que estar em silêncio. Cê vai dizer que isso é do vício e sim, não vamos nos enganar, estou usando pra caramba, mas acho que essa história do chuveiro é outra coisa. Algo que está acontecendo comigo agora em um nível, como eu posso te dizer, profundo, *bróster*, e não é viagem minha. É de dentro, arraigado, é uma sensação de poço sem fundo. Como se eu precisasse mudar, fazer algo diferente, parar de usar tanto, começar a fazer alguma coisa. O biólogo enrolou outro baseado e se levantou do banco. Vem, vamos dar uma volta, disse.

Assim, com todo o comércio fechado, as ruas praticamente vazias, sem trânsito e sem toda a balbúrdia do dia, o centro da cidade anã recuperava um pouco da sua beleza íntima. Passear àquela hora era agradável. Era como estar num cenário onde as casas coloniais, as igrejas barrocas, a torre do relógio, os pequenos palacetes pareciam cansados de fingir um ar senhorial. Resignada a proporcionar um cenário pitoresco aos caminhantes, a arquitetura assumia, à noite, um ar de derrota digna, e o biólogo de repente tinha a sensação de que, mortos os poderes que haviam incentivado sua construção e conservação durante séculos, os edifícios já não emitiam nenhum sinal, que todo o centro histórico da cidade anã era uma casca vazia, um ímã sem ímã, um significante que fora privado de sua capacidade de fazer outra coisa além de apontar para si mesmo, como um parque arqueológico cheio de deuses de pedra que ninguém mais temia, inesperadamente infantis, quase de brinquedo. A indiferença do amigo a esses discretos sinais de decadência romântica lhe parecia uma prova de que suas impressões eram verdadeiras e de que talvez ele pertencesse à última geração capaz de apreciar aqueles detalhes. Porque, enquanto isso, o díler, que era alguns anos mais novo que ele, continuava ruminando seus problemas e falando de suas visões bizarras no chuveiro. Acredita em mim: dá pra ver coisas no escuro. Aparecem umas luzinhas dentro dos olhos, mano, e aí se formam umas figuras muito legais, tipo aquelas coisinhas do mar, cê conhece o mar? Eu não, nunca fui ao mar, tenho medo, *bróster*. Mas dá pra ver essas figuras que parecem umas navezinhas espaciais com luz própria.

O biólogo havia demorado alguns dias para entender que o díler o chamava de *bróster*, em vez do tradicional *brother*, provavelmente porque agora havia comércios por toda a cidade onde se vendia frango frito à moda *broaster*, com aquela massa crocante, e o anunciavam em grandes cartazes de cores vivas, muitos deles com imagens de frangos fumegantes ou frangos vestidos de garçons, usando gravata-borboleta, piscando o olho e mostrando o polegar ao lado de um frango morto em uma bandeja. O biólogo também via semelhança entre essa forma bastante aleatória de escolher as palavras e os caprichos da natureza. Imaginou a língua do díler como um animal adaptado para sobreviver a qualquer mudança no ambiente, capaz de se desenvolver e criar novos órgãos dependendo das circunstâncias, alimentando-se até de idiomas estrangeiros. E então começou a se questionar a respeito da própria língua, de sua estranha mistura de sotaques, em que coexistiam com certa harmonia vários léxicos e tons e temperaturas acumuladas ao longo dos quinze anos de exílio voluntário, tudo isso meio embutido no sotaque local. Será que a minha língua está adaptada para sobreviver a qualquer mudança no ambiente?, pensou. Que tipo de animal torto deve ser a minha língua?

E outra ideia, ainda mais exótica que a anterior: a de que a sua amizade com o díler não era entre duas pessoas, mas entre duas línguas, como uma simbiose espontânea e independente da vontade dos seus donos.

Nesse momento ouviram uns gritos na outra esquina. Era um bêbado cambaleando em frente ao prédio do governo. Fiodasputa! Seus berros enchiam a rua. Roubam esse departamento, roubam tudo, sugam como vampiros! Bando de fiodasputa! Vampiros! Desçam pra eu ver se são tão machões, desçam que eu cuido de todos vocês! O bêbado, encorajado, pegava o que encontrava no chão e arremessava contra a fachada do prédio colonial. Dois policiais se aproximaram para acalmá-lo, houve uma breve discussão. No fim, tiveram que tirá-lo dali aos empurrões, embora em nenhum momento tenham sido violentos. Fizeram apenas o suficiente para expulsar o bêbado e a rua voltou a ficar completamente calma. Uma calma propícia à distração e à observação de coisas insignificantes. Viram uma mariposa gigante sobre uma parede branca, uma dessas que parecem ter olhos nas asas. O biólogo não tinha muito conhecimento de entomologia e muito menos de lepidópteros, sua praia eram ursos e outros mamíferos de grande porte, então não deu muita atenção. Já o díler tirou diversas selfies sorrindo bem pertinho da mariposa. Elas se cansam de dar voltas em torno dos postes e no fim preferem ficar paradas até morrerem, disse o biólogo sem muito ânimo. O díler tirou uma última foto, mostrando a língua como se fosse lamber a mariposa. Bonita, né?, disse.

Mais tarde, entraram em uma lojinha de bebidas que tinha algumas mesas no fundo. Geralmente iam lá porque era mais barato do que ficar bêbado em algum bar. Pediram uma garrafa de aguardente no balcão da entrada e foram para a parte de trás, que estava lotada de gente. Havia até casais dançando. Sentaram-se nos únicos lugares vagos, dois bancos encostados numa parede, e logo começaram a conversar com as pessoas que estavam na mesa ao lado, três caixas de um banco, dois funcionários da prefeitura e um cara que fazia as entregas de um restaurante chinês. Eles pareciam muito desenvoltos, a fala enrolada e quente por causa da bebida. Uma das caixas, a mais bonita das três, disse que achava que este era o país mais feliz do mundo. Quase todos concordaram, por razões diferentes, mas ela explicou que o principal motivo dessa felicidade era que aqui ninguém perdia a fé. Aqui todos têm fé, até o fim. O díler, que já estava num clima transcendental, olhava para ela com olhinhos de menino devoto. Sou torcedor do América, disse o díler, sedutor, nunca perco a fé. E além disso estou desenvolvendo uma técnica de meditação que me eleva a outro patamar de realidade. A caixa não lhe deu a mínima bola. Estava mais interessada no biólogo, a quem todos à mesa tratavam com um misto de distância respeitosa e condescendência, como se costuma tratar os estrangeiros. O que você acha?, disse a caixa, este é o país mais feliz do mundo? O biólogo ficou surpreso com a pergunta e acabou se enrolando em um discurso inflamado sobre a definição de felicidade. Se não sabemos o que é felicidade, não podemos saber se somos felizes, disse. E o cara que fazia as entregas a domicílio do chinês colocou a mão no queixo para zombar do biólogo e disse: interessante, interessante. Aí um dos funcionários da prefeitura, o único dissidente, interveio para protestar contra a ideia de que existem países felizes e infelizes. A merda humana é universal, disse, quem pensaria em fazer uma pesquisa para medir a felicidade e depois inventar um ranking por país. Que desperdício de grana, de tempo. São uns idiotas e nós somos ainda mais idiotas por ficar falando disso. Outra caixa, a que tinha franja loira em formato de sombrinha, protestou sem perder o bom humor: a pesquisa foi feita por cientistas, analisaram coisas reais, dados. Bobagem pura, cortou o funcionário rabugento, não existe gente feliz, existe gente satisfeita. Ou seja, gente ignorante e bruta que se contenta com qualquer ninharia. A caixa bonita insistiu na primazia da fé. O díler a apoiou com entusiasmo. O biólogo bebia em silêncio, constrangido pela dissertação que acabara de lançar. Então o das entregas teve a feliz ideia de tirar a terceira caixa para dançar, ela, que não tinha dito nada e era baixinha e rechonchuda, e isso bastou para encerrar o tema da felicidade, mas não o da fé.

A caixa bonita perguntou ao biólogo se ele dizia todas aquelas coisas porque não tinha fé e o biólogo admitiu que nunca tinha se feito essa pergunta. Talvez eu tenha fé e não me dei conta, pensou em voz alta. A caixa sorriu com uma inexplicável careta de misericórdia e lhe disse: se você não tivesse fé, seria um animalzinho. O das entregas não demorou a se agarrar com a caixa gordinha. Isso pareceu animar o díler, que tentou a sorte com a caixa de franja em formato de sombrinha. O biólogo, obrigado pelos outros, dançou sem vontade, arrastando os pés diante da caixa bonita, e tropeçou várias vezes nas mesas vizinhas, embora ninguém tenha reclamado. Naquela noite todos estavam semifelizes, semibêbados, semilúcidos, todos brindavam e comemoravam a umidade suave depois do dilúvio. E algo no corpo do biólogo era capaz de intuir que forças desconhecidas estavam despertando na cidade anã, como se um fenômeno natural de que ninguém mais sentia falta tivesse reaparecido, discreto e promissor em sua jornada rumo à catástrofe. Mas, para não se deixar vencer pela superstição, aplacou o princípio de ideia e continuou mexendo os pés, sorrindo, semiexcitado pelos movimentos da caixa bonita.

7

Sonhou que voltava para a casa do centro, a velha casa onde ele e o irmão foram criados, a poucos quarteirões do prédio da faculdade de ciências, numa rua pela qual o biólogo tinha preferido não passar desde que chegara.

No sonho, porém, não sentia nenhum medo. Vinha da esquina, quase correndo, e entrava na casa por uma janela, determinado a encontrar as chaves para entrar em casa.

Lá dentro as coisas estavam intactas, igualzinho a antes. Procurava as chaves por toda a parte, revirava gavetas, olhava embaixo das camas, conferia até na terra dos vasos, afastando as folhas vivas do amaranto, porque seu tio costumava esconder coisas ali. A casa estava vazia. Não havia ninguém a quem perguntar onde estavam as chaves para entrar na casa. Tinha algumas chaves no bolso, mas não: eram de outro lugar, abriam outras portas, não as de casa. Resignado, vagava pela sala e olhava pela janela que dava para a rua. Não vou conseguir sair daqui, pensava observando as pessoas, entre as quais achou ter visto o irmão, semiescondido, semivivo. O biólogo punha a cabeça para fora da janela para ver melhor. Sim, era o irmão, que estava agindo como um idiota e não queria ser visto ali com aquelas pessoas tão estranhas. O biólogo finalmente entendia a situação: o irmão o havia enganado para trocar de lugar com ele. Agora era ele quem teria que fazer o papel de morto, não o irmão. E sem chaves, sem as chaves certas, não conseguiria reverter aquilo. Esse filho da puta fez isso comigo, pensava. Vou ter que ser o fantasma da casa sabe-se lá até quando.

O irmão se perdia entre a multidão, rua abaixo, como quem vai para a faculdade de ciências. O viado aprontou essa comigo, ele aprontou essa comigo. O biólogo chorava de raiva, mas não queria mostrar para as pessoas que passavam pela janela e acabava se escondendo na escuridão da sala, agachado entre dois móveis, onde podia chorar e ficar feito um fantasma, completando a metamorfose, assim como a mãe havia ordenado que fizesse sem precisar dizer nada, muitos anos antes, até que algo em seu rosto, choro ou membrana, começava a queimar.

Ele acordou aos pouquinhos, ainda furioso, com uma lixa na garganta, e por isso demorou tanto para perceber o poderoso feixe de luz que vinha de uma janela desconhecida. Era isso que queimava seu rosto, não a metamorfose ou as lágrimas. A seu lado dormia a caixa bonita, e o biólogo pensou numa fruta embrulhada em jornal, amadurecendo durante o sono.

Conseguiu sair da cama discretamente e vestir-se sem acordar a mulher, que, dormindo, era ainda mais bonita que acordada. Em seguida saiu do quarto na ponta dos pés e reconheceu com esforço o resto do apartamento, um apartamento pequeno num daqueles novos blocos de habitação social que se espalhavam pelo país como qualquer outra monocultura. Pela janela da sala, viu a rua nova, recém-pavimentada, outros vários prédios idênticos, algumas casinhas metálicas que com certeza seriam demolidas muito em breve para a construção de mais blocos e, na sequência, um enorme pasto. Bem nos limites da cidade anã, pensou o biólogo, tomando um copo d'água que tinha gosto de metal enferrujado e cola. Àquela altura já havia esquecido completamente o que acabara de sonhar, mas a sensação de mal-estar e horror proveniente do sonho não desaparecia. O biólogo atribuiu tudo à ressaca e sua cabeça se esvaziou como um jarro furado enquanto, com a unha, tentava arrancar um adesivo do vidro que dizia: JESUS É O CAMINHO. E abaixo, com letras menores: *O Cavaleiro da Fé*.

Saiu do apartamento sem se despedir da caixa. Assim é melhor, pensou logo em seguida, enquanto esperava no ponto de ônibus ao lado de uma senhora que carregava uma cesta cheia de maracujás-perfeitos. A senhora interpretou a curiosidade do biólogo como um apelo e lhe ofereceu uma das frutas. Toma, experimente um sem compromisso, disse. O biólogo acabou comprando uma dúzia e, antes do ônibus chegar, já havia comido quatro. Deliciosos, disse, têm gosto de flores de carne e osso, *Pasiflora popenovii*. A senhora não entendeu aquela latinice, mas deve tê-la associado a algo religioso porque rapidamente esclareceu que os maracujás eram o verdadeiro fruto do Jardim do Éden. O que Adão e Eva comeram pouco antes de serem expulsos. A última mordida de felicidade. Bem, a última e a primeira, disse a senhora, e os dois riram.

O dia estava perfeito, céu azul e umas poucas nuvens bem brancas que se desfaziam devagar naquela paisagem de construções novas e pastagens vazias.

8

A verdade é que, pensou o biólogo naquela mesma tarde a caminho da fazenda da amiga, havia uma alusão religiosa no nome daquela e de todas as passifloras, chamadas assim pelos missionários jesuítas que, no século XVII, acreditavam reconhecer nas flores dessas trepadeiras os instrumentos da paixão de Cristo: os pregos, o chicote e a coroa de espinhos. Daí o apelido de fruto da paixão para se referir ao maracujá, que brota de uma passiflora. E, num elo inevitável da cadeia de associações, o biólogo se lembrou do tio, irmão da mãe, que foi a primeira pessoa que ouviu contando aquela história das passifloras e dos jesuítas. Quando o biólogo e o irmão eram crianças, o tio tinha um terreninho nos arredores da cidade anã, a poucos metros de uma área de lotes que agora, claro, também estava colonizada por novas construções. Naquele terreno o tio havia plantado batata, tomate, lulos, goiabas, ingás e diversas espécies de passifloras ou, como ele gostava de dizer, passionárias. Isto não é um jardim, dizia o tio, é um sistema de alta precisão para capturar animais. E assim era, claro. Todos os dias, dependendo da hora, dezenas de bichos voadores, aves, insetos e morcegos chegavam ao terreninho, alimentando-se das árvores frutíferas e das flores. Mas o tio se interessava sobretudo pelos pássaros e, mais especificamente, pelos andorinhões e beija-flores, que nos arredores da cidade anã eram abundantes e de espécies muito diversas: silfos, diamantes, bochechas-azul, eremitas, bicos-de-lança, rabos-de-espinho, barbuditos, bandeirinhas... Vinham em dezenas, não só em busca das flores, mas também dos bebedouros que o tio pendurava nos galhos das árvores maiores. O biólogo e seu irmão podiam passar horas observando esses passarinhos darem suas piruetas, registrando seus ruídos, que iam desde bipes quase ultrassônicos até chamados muito complexos que o biólogo, de olhos fechados, imaginava como um bolo microscópico de mil folhas sonoras, camadas de zumbidos atonais intercalados com camadas de consoantes, érres, zês e éfes, harmonia e percussão concentradíssimas em uma minúscula cápsula musical. Uma sinfonia miniaturizada que desaparecia e não se sabia quando voltaria a tocar, então o melhor era se recostar numa rede e esperar. Era um espetáculo discreto, humilde, mas não por isso menos exigente, ainda mais quando tinham que predispor todos os sentidos e atingir um estado de concentração máxima. O olho preparado para caçar a imagem fugaz das cores que apareciam e desapareciam. O ouvido muito atento à musiquinha, que não necessariamente coincidia com a imagem. A atenção tendia a se dispersar pelo excesso de pequenos estímulos e o aprendizado exigia paciência, tato e delicadeza. A concentração já não consistia em encontrar um objeto específico, um alvo, mas em perceber simultaneamente e com a mesma intensidade diversas fontes de movimento, cor e som que não se sabia em que lugar no espaço brotariam, uma dança para a qual ninguém havia planejado uma coreografia, mas que as aves executavam como se quisessem informar às crianças que, sim, havia um segredo norteador, uma trama oculta que coordenava todos os movimentos. Deve haver uma ordem, turnos, uma vez suspeitou o irmão em sua rede, só que não conseguimos ver.

A bordo do Mazda numa estrada empoeirada, atravessando um canavial, o biólogo sentiu uma gratidão imensa pelo tio, o pária da família, o sujeito que fracassou em todos os seus projetos, o louco sem redenção que havia sido preso por se meter em questões políticas. Obrigado, meu velho, murmurou por cima das vozes no rádio. No fim das contas, fora o tio que lhe contara pela primeira vez sobre Humboldt, que em sua viagem a Quito para escalar o Chimborazo passara alguns dias na cidade anã, com Bonpland e Caldas, o cientista local e revolucionário, fuzilado pelas tropas reais, a quem havia sido dedicada a praça principal da cidade anã, enfim, coisas que a longo prazo seriam decisivas para o nascimento de sua vocação de naturalista. Não é possível ser um americano autêntico se não se for ao mesmo tempo naturalista, dizia o tio. Também se sentiu culpado porque, desde sua chegada, não tinha ido visitá-lo, com certeza porque o tio agora vivia em uma instituição psiquiátrica e esses lugares o deprimiam muito. E assim, pela primeira vez, o biólogo sentiu que estava evitando algo, não tanto um confronto ou uma descoberta, mas uma coisa óbvia. Não fui capaz nem de passar pela nossa rua, pensou, que dirá ir até a casa velha. Covarde, eu sou um covarde. Mas também não entendeu a

47

natureza desse medo. Do que eu tenho medo? Do meu irmão? Da minha mãe? Dos vivos ou dos mortos?

Ali parou porque já estava chegando à fazenda e a partir de então não pôde deixar de cravar aqueles mesmos olhos de enigma familiar na aquarela dos costumes: o antigo portal de tijolos, o caminho de paralelepípedos, o enorme casarão colonial de dois andares, as palmeiras e as choronas gigantes que abriam seus galhos, agindo como deuses tutelares do jardim frontal.

9

Nem a amiga nem ninguém saiu para recebê-lo e, como num sonho, o biólogo titubeou nos antigos estábulos agora transformados em estacionamento, percorreu toda a largura da fachada silenciosa e vagou por entre algumas roseiras no jardim da frente. Então parou para olhar ao redor, girou literalmente sobre o próprio eixo e, quase tonto com o ruído não tão distante do riacho, ruído que só percebeu com consciência depois de um bom tempo, decidiu agachar-se aos pés de uma árvore de sapotis e acariciar a grama com a mão bem aberta para ter certeza de que ele e este paraíso habitavam realmente o mesmo tempo e espaço. Que delícia, pensou, dá vontade de morar aqui. No chão havia frutas bicadas pelos pássaros e caravanas de formiguinhas que entravam e saíam pelos buracos da polpa podre.

Ouviu vozes humanas ao longe e então enfim reconheceu o som do riacho, na verdade uma corrente domesticada para envolver a propriedade em parênteses. O eco daquelas vozes alegres reverberava dentro da casa e o biólogo se deixou levar pelo estado de felicidade mumificada que o local lhe sugeria. Que delícia e que lindo, disse em voz alta, como se estivesse em um sonho ou em um romance do século XIX.

Viu saírem da casa dois homens negros, ambos muito bonitos, vestidos com roupas de marca, inesperadamente anacrônicos, que nem sequer o viram porque ele ainda estava agachado. O biólogo levantou num pulo e, depois de hesitar por um segundo, ergueu a mão para cumprimentar, mas os rapazes já haviam seguido em frente com suas risadas.

Para ele, ou melhor, para o adolescente que ainda vivia nele, as fazendas da região sempre haviam representado algo como o ápice da normalidade, sua obra mais acabada. Dado que ele e o irmão eram filhos de mãe solteira, dada a má reputação do tio, o ex-presidiário, dado que não tinham a menor pista a respeito do pai, dado que seus antepassados plebeus haviam vivido amontoados há gerações num antigo casarão no centro da cidade anã, o biólogo achava que aquela arquitetura era a personificação do completo oposto, ou seja, família, produtividade, respeitabilidade, bom nome, tradição. O De Trás para Frente em que sua vida havia transcorrido. Claro, agora estava em condições de ver aquele lugar com outros olhos. Agora sabia mais e melhor. Mas essa consciência não diminuía nem um pouco a magia da fazenda. O símbolo fora bem construído, pensou, é preciso admitir.

Caminhou até a porta por onde os dois homens haviam saído e olhou para dentro de uma sala com móveis de época, retratos de personagens ilustres do departamento, jarras de porcelana, tudo isolado, como nos museus, para evitar que curiosos como ele manuseassem ou tropeçassem nas antiguidades.

Atravessou a sala de uma ponta à outra procurando a porta que dava para o corredor interno. Tudo continuava como antes, cada objeto plácido instalado em seu lugar, cada planta, cada móvel, cada ornamento no destino designado para simular perpetuamente a decoração do antigo clima bucólico do Cauca.

Dali ouviu vozes novas, muitas mais, e percebeu que vinham da cozinha, lá do fundo. A amiga se assustou ao vê-lo na soleira, como se tivesse visto um fantasma, mas com um sorriso de orelha a orelha corrigiu o susto e quase pulou nele outra vez para cumprimentá-lo e que bom que você veio, que bacana, olha, deixa eu te apresentar. E isso deu início à rodada de cumprimentos e assim o biólogo, um pouco constrangido e na defensiva, começou a olhar para todos com o olhar treinado nas aulas de primatologia. Eram pessoas do mundo do entretenimento, o que na linguagem do biólogo se traduzia em todas as variantes de presunção, da fatuidade borbulhante à arrogância injustificada, passando pela falsa modéstia. Ele se acomodou ao lado da amiga em um canto da cozinha, com a bunda apoiada contra o balcão, e tentou relaxar, encontrar seu lugar no grupo, como qualquer primata faria em situação semelhante. Não demorou muito para fazer um reconhecimento do terreno. Sua amiga, a produtora e anfitriã, tinha em mãos o projeto de uma novela sobre os tempos da escravidão e havia levado para lá toda sua equipe de confiança, incluindo possíveis atores, para discutir detalhes do roteiro e da produção. O projeto estava em um estágio bastante avançado e, além disso, contava com um diretor de primeira linha. Com essas palavras faziam questão de descrever o homem que estaria por trás de todo o projeto, o gênio criativo, um diretor de primeira linha.

O biólogo acompanhava a discussão, primeiro com desconfiança, e depois, aos poucos, levado pela curiosidade investigativa. A ideia era fazer uma novela ambientada em 1848, às vésperas da vitória eleitoral de José Hilario López, um dos arquitetos da emancipação dos escravos. Os roteiristas haviam consultado vários historiadores. O eixo seria, claro, o romance impossível entre um escravo e sua ama. E essa história de amor seria cercada de subtramas que narrariam as tensões entre os latifundiários que se opunham à emancipação e as reivindicações dos escravos, sem esquecer dos diabólicos capatazes mulatos, dos abusos das autoridades, dos quilombos de negros fugitivos. A política esquentando o romance e o romance esquentando a política, disse um dos roteiristas, um cara gordinho de óculos. Durante toda a manhã, discutiram a melhor forma de representar esses escravos e aguardavam a chegada do diretor para ajudá-los a resolver os dilemas de raça, gênero, verossimilhança, precisão histórica. A principal locação da filmagem seria justamente a fazenda, famosa em toda a região por ter empregado milhares e milhares de escravos em suas plantações. Por outro lado, a equipe de produção também havia compilado um bom número de referências audiovisuais e literárias ligadas aos temas que pretendiam abordar. É um gênero, disse outro roteirista, usando um boné de beisebol, um gênero completo. Como poderíamos chamá-lo? Gênero de fazenda? Todos o ouviam com respeito. Bom, não importa como chamamos, mas é um gênero e tem obras fundamentais, *María*, *La Mansión de la Araucaima*, *Açúcar*, *Carne de tu carne*, *Casa-grande & Senzala*, *Doña Bárbara*, alguns romances de Machado de Assis ou de Aluísio Azevedo, *Canção do Sul*... Uma mulher negra o interrompeu. Desculpa, disse, *Canção do Sul*? O filme do Walt Disney? O cara de boné olhou para ela de canto. Sim, disse, o do Walt Disney. A mulher negra, que trabalhava na produção e era sócia da anfitriã, ficou furiosa. Não posso acreditar que você esteja considerando aquela panfletagem racista como uma obra-prima, nem fodendo. Essa merda não vai servir de referência nessa novela, que fique bem claro. A amiga do biólogo teve de intervir para que a discussão não terminasse, como tinha acontecido pela manhã, com acusações explícitas de racismo e colonialismo entre os próprios membros da equipe.

Os únicos que pareciam alheios a toda a tensão racial eram os dois dândis que o biólogo vira saindo da casa momentos antes, porque irromperam na cozinha com o mesmo clima de festa e todos pareceram relaxar. O humor, disse a anfitriã, o humor na novela é um tema que estamos deixando de lado e acho importante não nos esquecermos dele. Se há uma coisa que distingue as boas novelas colombianas, e é evidente que queremos recuperar aquele espírito da época de ouro da televisão dos anos 1980, se tem algo que distingue essas novelas é que tinham muito senso de humor. Com personagens populares muito espirituosos, situações absurdas, às vezes surreais. Isso é o que vocês, disse aos roteiristas, devem refletir em seu trabalho. Quero ver piadas boas, humor em abundância, personagens cheios de vida. Não vamos fazer uma novela pesada, um tijolo. Pelo contrário, vamos fazer uma novela popular que todo mundo queira ver, desde o playboy mais culto até as empregadas domésticas.

O roteirista de boné disse que sim, que a televisão colombiana dos anos 1980 não era ruim, com sua mistura de temas tradicionais em moldes tomados do neorrealismo italiano, mas que agora estávamos na era das séries, do folhetim do século XXI, e que tinham que buscar nelas as estruturas narrativas, os personagens, o tipo de diálogo, para consolidar o gênero da fazenda. Claro, concordava que a novela deveria ser popular, para todas as classes, raças, credos. O gordinho de óculos, que o biólogo identificou como o fiel escudeiro do sujeito do boné de beisebol, disse que achava que era possível fazer uma síntese entre a televisão dos anos 1980 e as séries de hoje. E que talvez fosse mais prático ver como tratavam a questão da escravidão ou as polêmicas raciais nas séries gringas e adaptar, disse, ajustar à história daqui, em vez de ficarmos brigando entre nós.

A produtora negra os ouviu, abaixando a cabeça o tempo todo e mordendo os lábios com uma impaciência mal disfarçada, mas não disse mais nada.

O biólogo ainda estava afetado pela bebedeira da noite anterior. Não conseguiu abrir a boca, em parte porque não tinha opinião formada a respeito da televisão ou dos gêneros narrativos, temas que pouco ou nada lhe interessavam, mas sobretudo porque não compreendia o que estava fazendo ali, por que a amiga o havia convidado e o que ele tinha a ver com a discussão.

O mais estranho é que àquela altura seu silêncio se tornara incômodo para todo o grupo, que certamente devia estar se fazendo as mesmas perguntas que o biólogo. A anfitriã, porém, parecia gostar da confusão, como se a presença um tanto ilegível do amigo exercesse algum tipo de poder sobre os outros.

Passaram o resto da tarde na parte moderna da finca, nadando na piscina, bebendo cerveja, jogando pingue-pongue e dançando.

O biólogo permaneceu nesse mesmo estado de semipresença, tentando não se afastar da amiga e de sua sócia, que foi a única pessoa de todo o grupo que lhe fez perguntas com um interesse genuíno. A mulher tinha um nome estranho que o biólogo esqueceu dois segundos depois de ouvi-lo, um nome de mulher negra *self-made*. Mas durante vários minutos o apagamento daquele nome permaneceu flutuando dentro de seu corpo como uma pílula efervescente.

Em determinado momento da conversa, a sócia lhe perguntou em qual colégio ele estava dando aula e, com a simples menção do nome da instituição de educação normal, ela fez uma careta. Ah, disse, nossa. O biólogo franziu o cenho, surpreso. Digo por causa daquelas garotinhas, acrescentou. Mas o biólogo seguia sem entender. Aquelas alunas que mataram nesse colégio uns meses atrás. Duas meninas de catorze anos, ela disse, você não sabia de nada? O biólogo ficou pálido e encolheu os ombros, sentindo os pelos das costas se arrepiarem. Não, não sabia de nada.

10

Naquela noite todos comeram ao ar livre, numa grande mesa que montaram no jardim da frente, sob os galhos de um salgueiro. O biólogo se sentou no lado onde estavam a sócia, sua amiga, e a irmã mais velha desta, uma mulher prematuramente envelhecida que parecia exigir a atenção de todos cada vez que falava. A mesa, porém, era muito grande e a conversa se fragmentava aleatoriamente. O biólogo olhava para a grande senhora com uma curiosidade mórbida. Não era a primeira vez que a via, mas nunca havia tido a oportunidade de se sentar perto da personagem, que falava sem parar como se estivesse diante de uma câmera. Nos últimos quinze anos, coincidindo com a ausência do biólogo, aquela mulher tivera uma carreira brilhante na política e agora era difícil não olhar para ela com um misto de êxtase e desprezo. Ela acabara de chegar sem aviso prévio, cercada de escoltas, com a fala mansa, distribuindo ordens endereçadas a ninguém em particular, e se sentara em uma das cabeceiras da mesa. Quero que o diretor se sente aqui, ordenou com um dedo no qual brilhava um anel de esmeralda. A amiga do biólogo, claramente irritada com a aparição repentina da irmã mais velha, respondeu apática que o diretor ainda não havia chegado, mas que podíamos deixar a cadeira livre, pois era bem possível que ele aparecesse a qualquer momento. Não deve demorar a chegar, disse a sócia, com o tom que pessoas sensatas usam para acalmar uma fera. Acho bom, respondeu a senhora, acho bom, e empurrou o prato com uma de suas unhas muito compridas, sem ter provado nada. Em seguida começou a tagarelar, incoerente, sobre uma pirâmide que há pouco havia sido descoberta na Antártida graças ao derretimento dos polos. Eu vi na TV, num documentário, vocês viram? Uma pirâmide, dizia, uma pi-râ-mi-de feita por alguma civilização antiga, provavelmente alienígena. Uma evidência de vida extraterrestre na pré-história que não podem esconder mais. E, dizendo isso, se benzeu depressa três vezes seguidas, quase desfazendo a cruz. Quem pode negar a evidência, ninguém, ninguém, mas que Deus nos guarde. Quem somos nós? Somos descendentes de extraterrestres e não do macaco? O biólogo interveio, sarcástico, e disse que talvez o preocupante da notícia não fosse tanto a pirâmide, mas sim o derretimento dos polos. A senhora olhou para ele de um ângulo agudo, inclinando o rosto de olhos arregalados na direção do próprio peito, e lhe estendeu uma mão adornada com joias, cinco cascos de luxo e muito, muito perfume, tanto que causava enjoo. E por acaso quem seria o cavalheiro?, perguntou, olhando ao redor da mesa. A amiga do biólogo a atualizou. Ah, disse a velha, mostrando os dentes, é irmão daquele que era seu namoradinho, seu cunhado, então. Acho que nos conhecemos, certo? Claro, disse o biólogo, apertando a mão dela com evidente repugnância, como poderia esquecê-la, senhora. Eu lembro, eu lembro, mentiu ela, mas deixe-me dizer uma coisa: essa coisa das mudanças climáticas é pura história de pescador. Terrorismo científico. A Obra de Deus é perfeita e o planeta tem um termostato, sabe regular a temperatura. É como uma geladeira. Você descongela de vez em quando para não estragar, entende? O ruim seria deixar toda aquela camada de gelo acumular ali no freezer. Então é necessário descongelar de vez em quando e santo remédio, meu filho, santo remédio. Agora estamos nessa fase, que ocorre a cada doze mil anos, como um reloginho, e é por isso que estão surgindo os vestígios das antigas civilizações que viveram no que hoje é a Antártida, mas que há doze mil anos era uma floresta tropical como as que temos aqui, e onde viviam pessoas muito avançadas graças à tecnologia dos extraterrestres.

O biólogo não conseguiu segurar a risada, sinceramente divertida, e a senhora, longe de levá-lo a mal, continuou com a palestra. Na Congregação temos um pastor, um homem muito estudado e tudo mais, com doutorado, ou melhor, um Cavaleiro da Fé, não vá achando que é pouca coisa. Bom, esse rapaz é um gênio nessas coisas científicas, explica tudo direitinho, e é uma loucura, claro, porque Deus não é bobo, não, senhor, e o mundo funciona como um reloginho, estou dizendo.

A senhora se levantou, porque nessa hora o diretor apareceu e todos os comensais pararam momentaneamente o que estavam fazendo para cumprimentá-lo. Querido, prazer em conhecê-lo, disse a senhora, estendendo-lhe o casco enquanto lhe dava dois beijos. O diretor fez uma reverência, um gesto muito estranho, tão solene que parecia uma zombaria. O prazer é todo meu, madame, disse, boa noite a todos, e deixou cair sua carne roliça em uma cadeira que de repente ficou minúscula. Ao lado dele, pondo uma cadeira bem no canto da mesa, sentou-se um homem muito alto e calvo que o biólogo achou genuinamente elegante. O diretor sussurrava coisas em seu ouvido o tempo todo e esse homem mal reagia. Era uma dessas pessoas que sorri mais com os olhos que com a boca.

O diretor passou o resto do jantar cochichando com o primo de sua amiga, para irritação da senhora do anel de esmeralda, que fez todo o possível para voltar a monopolizar a atenção e até começou a falar ao celular, levantando a voz bem alto para que todos ouvissem que ela mandava muito e que tinha este e o departamento ao lado à sua mercê. Todo o Grande Cauca na palma da sua mão.

O desdém muito sutil do diretor, porém, foi acalmando-a até que ela decidiu que era hora de se retirar para seus aposentos. Despediu-se fazendo mais uma confusão, um beijo aqui, um tapinha ali, e derrubou duas taças de vinho num giro desajeitado de sua bunda enorme. O líquido caiu sobre as batatas assadas do biólogo, que simplesmente afastou o prato e não disse nada para que a despedida da senhora acontecesse o mais rápido possível.

Enquanto ela se afastava, o biólogo percebeu que a senhora calçava sapatos desemparelhados, cada um de um tipo e cor diferente.

Posso te fazer uma pergunta?, indagou ele à amiga, que de pronto levantou a mão para impedi-lo de continuar falando. Eu já sei o que você vai me perguntar, ela cortou, eu também estive pensando a mesma coisa esse tempo todo. O biólogo sorriu, esperando para iniciar uma conversa engraçada sobre os sapatos da velha bruxa, mas a amiga abaixou a cabeça, muito envergonhada: você também percebeu, ela disse entre os dentes, já sei, todos os garçons que nos serviram o jantar são negros.

11

À meia-noite o jantar já havia se transformado em festa. As pessoas iam aos poucos passando de danças convencionais para ritos de acasalamento simiescos. Outras iam ao banheiro de tempos em tempos para se drogar, e havia grupos de bebedores risonhos por toda a parte. Em um deles estava o biólogo com a sócia da amiga, rodeados de atores e executivos do canal. Conversavam sobre qualquer coisa porque já estavam bêbados. A sócia atacava *Canção do Sul*, o filme de Walt Disney que o roteirista havia elogiado. Achava absurdo que os animais falassem como negros, especialmente o coelho. Mas, sobretudo, o que mais a ofendia era que representassem as relações entre senhores e escravos como algo idílico, harmonioso, cada um resignado a ocupar seu lugar, os negros que vão cantando alegremente para a plantação. Esse filme é uma vergonha, gritou e sapateou com tanta convicção que ninguém teria se atrevido a contradizê-la. Exceto o biólogo, que não quis dizer nada, mas ficou pensando no filme, que era um dos seus favoritos da Disney. Impossível saber quantas vezes ele e o irmão tinham alugado a fita na locadora do bairro, impossível calcular o quanto tinham se divertido com as músicas, com a mistura de desenhos e pessoas reais, com a trama sentimental do filho de pais divorciados que faz amizade com o Tio Remus, um ex-escravo que na verdade é um griô, um narrador oral que conhece todas as histórias que qualquer criança gostaria de ouvir. Por alguns segundos, o biólogo voltou a sentir o mistério genuíno que o velho Tio Remus irradiava toda vez que estava prestes a contar uma das histórias do Tio Coelho. Em primeiro plano seu rosto chocolate e os olhos esbugalhados, enquanto as crianças o ouviam extasiadas: Issu aconteceu na velha época do Zip-a-di-du-da, quando a genti tava mais pertu das criança e as criança mais perto da gente, e mi discupa, mas nesse tempo tuuudo era mió. E dito isso, assim que o Tio Remus começava a cantar sua canção, uma bolha colorida estourava em volta de sua cabeça e então o víamos andando por aquele mundo mágico em que alguns passarinhos animados respondem o refrão em coro e o sr. Bluebird pousa em seu ombro, vem alegria, saiba viver. E, mais adiante, uma abelha zumbindo dança no dedo do Tio Remus, que agora abre ainda mais seus olhos de negro psicótico, olhos nos quais a memória do biólogo de repente reconhece o trauma e o refúgio da fábula, olhos que veem a abelha fazendo sua dança primaveril sobre o dedo do ex--escravo que canta: zum-zum-zum-zum-zum.

O filme pode ser tão racista quanto eles quiserem, pensou o biólogo, mas também foi feito para que vejamos a história pelos olhos do negro traumatizado. A história não se passa depois da Guerra Civil, na Era da Reconstrução, quando a escravidão já havia sido abolida e pessoas como o Tio Remus estavam presas naquela espécie de limbo entre duas realidades, uma recentemente morta e outra que havia acabado de nascer? O Tio Remus está louco. Vê passarinhos que cantam com vozes femininas harmoniosas, fala com um coelho e com as árvores, a estrada, as sebes, os rios, toda a paisagem que o rodeia vibra com cores impossíveis. É a história de um negro maluco preso em um limbo histórico, pensou o biólogo. Todo o resto, a trama do menino branco, o divórcio dos pais, a fazenda, a servidão voluntária, tudo isso é secundário. É preciso ver o filme do ponto de vista de Remus, o esquizofrênico, o náufrago da história.

O biólogo preferiu não expor essas extravagâncias na frente da sócia da amiga, que intimidava a todos com seu sapatear. Ele pediu desculpas e saiu do grupinho com a justificativa de que queria beber alguma coisa.

Ao voltar do bar, encontrou a amiga, que parecia menos bêbada que os demais. Vem, disse ela, agarrando a mão dele. O biólogo deixou-se conduzir por entre as pessoas, sem soltar o copo de uísque. Ele era assim, deixava-se arrastar se fosse arrastado com convicção suficiente.

Atravessaram o jardim, o pátio, a festa inteira e, por uma porta lateral, acabaram entrando de volta na antiga casa da fazenda, percorreram corredores iluminados com lamparinas que emitiam uma luz de manteiga derretida, atravessaram às cegas os quartos escuros, sem tropeçar em nada porque quem os guiava era a amiga e ela poderia ter feito aquele trajeto de olhos fechados, cruzaram salas em que mal se distinguia o brilho de alguma porcelana, o ouro morto nas molduras dos retratos. Subiram umas escadas, desembocaram em um corredor e pararam em frente a uma porta. Tem alguém que há dias quer ver você, disse a amiga. Empurrou a porta e o conduziu para dentro antes de se retirar discretamente.

Lá dentro, no meio de uma sala que já estavam adaptando como set de filmagem, entre estantes com livros falsos e imitações de antiguidades, uma mulher o esperava, sentada em um divã forrado de veludo. A luz era tênue e o biólogo foi se aproximando até reconhecê-la. Começou a tremer de emoção e seu estômago revirou. Tentou dizer alguma coisa, mas não conseguiu. Ela, por outro lado, olhava para ele com os olhos bem abertos e uma estranha careta de altivez ou nervosismo, os lábios contorcidos num padrão ondulado que o biólogo conhecia bem.

A mulher fez um gesto para convidá-lo a sentar-se ao lado dela. Por alguns minutos eles apenas se olharam, mudos, examinando o rosto um do outro, até que ela só sorriu compassiva e disse: te escrevi e você não me respondeu. Ambos riram porque a reclamação chegava tarde demais, com quinze anos de atraso. Peço desculpas, disse o biólogo, nunca soube o que responder. Eles riram outra vez, incrédulos pelo encontro que parecia irreal para os dois, ainda mais naquela cenografia. Ah, disse ela de repente, antes de mais nada é importante eu te mostrar uma coisa. Então se levantou e, mancando de leve, começou a andar em círculos. O biólogo notou imediatamente a rigidez anormal em uma de suas pernas. A mulher deu uns tapinhas na própria coxa com os nós dos dedos. O biólogo não sabia se deveria parar de sorrir. Não conseguia acreditar em nada do que estava acontecendo e por alguns segundos se sentiu como o Tio Remus, outro náufrago da história, envolto em um mundo psicótico de cores e papelão, uma mistura de coisas vivas e mortas. É uma prótese, disse a mulher, gostou? Ele não conseguia falar, não conseguia se mexer, não entendia bem. Uma prótese?, finalmente perguntou. Sim, ela disse, mas é das boas. Não vai pensar que é como uma perna de pau de pirata.

O biólogo estava perplexo. Havia muito para absorver em apenas alguns segundos. Acabava de encontrar, depois de quinze anos, aquela que havia sido sua namorada na adolescência, a primeira mulher por quem se apaixonou, a pessoa com quem havia compartilhado alguns anos que ele ainda considerava definitivos para a descoberta da sua vocação. O que ela estava fazendo ali, naquela fazenda? Por que o encontro ocorrera naquelas circunstâncias, com a mediação da amiga? E o mais importante, que história era aquela de prótese? Como ela havia perdido a perna?

Ela leu sem dificuldade as expressões de perplexidade e se adiantou: teriam tempo para colocar tudo em dia. Vamos por partes, disse. Agora vamos falar de trabalho.

12

No dia seguinte, tomando sol numa espreguiçadeira de plástico à beira da piscina, o biólogo já havia decidido deixar o internato feminino e aceitar o convite da antiga namorada para trabalhar com ela. Não tenho nada a perder, pensava. É pior ficar no colégio, aguentando aquela gente horrível, bando de monstros. E aquilo das meninas mortas, será que era verdade? Mais alguns meses nesse trabalho e vou enlouquecer.

Um cheiro doce pairava no ar e o biólogo lembrou que na noite anterior, depois de se despedir da mulher da perna falsa, pouco antes de ir dormir, vira o canavial queimando através de uma janela. Agora, sobre a superfície da piscina flutuava uma camada muito fina de cinzas e lascas de bagaço de cana. O pó formava redemoinhos espessos e espirais lentas que o biólogo, por trás dos óculos escuros, via evoluir como uma sopa primitiva.

Muitos anos antes, aquela mulher, sua ex-namorada, havia escrito algumas cartas ao biólogo, no fim da época em que as pessoas ainda trocavam cartas pelo correio normal, quando ambos estavam apenas começando a estudar biologia. Podia-se dizer que eram cartas de despedida, de despedida da vida passada, de um mundo que desaparecia diante dos olhos de todos, mas também de despedida da escrita condicionada pelas regras do correio normal, com seus eternos tempos de espera e suas confusões de endereço e suas devoluções ao remetente; o fim das cartas que viajavam meio mundo e às vezes acabavam se perdendo no caminho; em muitos sentidos, o fim de uma certa forma de acaso, cartas escritas com a consciência de que qualquer imprevisto poderia acontecer com o envelope e, por isso mesmo, era necessário escrever de um modo especial, com um tremor e ao mesmo tempo com uma convicção que transformavam completamente as palavras: sua intenção, seu estilo, sua forma.

Na primeira carta, enviada da cidade anã para um país do outro lado do Atlântico, a mulher, que na época era apenas uma jovenzinha, disse ao biólogo que sentia falta dele, que desde sua partida não tinha vontade viver, que o amava loucamente e que nem mesmo o estudo das ciências naturais atenuava a dor que sua ausência lhe causava.

Na segunda carta, ela ensaiava um elogio à biologia como ciência rigorosa, mas também como meio de conhecimento espiritual, e acabava confessando ao ex-namorado que estava saindo com um colega de faculdade. Mas eu não gosto dele, dizia, não consigo gostar. Faço isso porque estou sozinha. E porque não consigo pensar em nenhuma outra maneira de apagar você, contava.

Alguns meses se passaram até a terceira carta, escrita do hospital. Nela descrevia o acidente com detalhes num tom mais forense, despojado, sem as nuances de melodrama das duas cartas anteriores, talvez sob o efeito da brutalidade dos acontecimentos: tinham cortado uma de suas pernas, seu corpo inteiro se transformaria a partir daquele momento. Não havia espaço para chantagens emocionais, nem para nostalgia, tudo lhe parecia horrível demais, real demais, e a única coisa que conseguia fazer era contar o que acabara de acontecer, mais para organizar do que para entender: eles estavam voltando, ela e o novo namorado, o fiel e babão colega de faculdade, pela estrada, depois de uma festa no Club Campestre. Ambos haviam bebido demais, admitia. Prestes a atravessar a ponte sobre o rio, o namorado perdeu o controle, não se sabe bem como nem por quê, mas o carro começou a balançar, os pneus traseiros derraparam, uma volta, duas voltas e não houve nada a fazer: outro carro, vindo na direção oposta, bateu neles. O impacto foi tão forte que o guarda-corpo de contenção da ponte quebrou e os dois carros voaram pelo ar, girando como piões. Mas ninguém vê os fatos específicos de um acidente, dizia a carta, permitindo-se uma reflexão, ninguém pode acessar esses fatos. Nem mesmo eu, que estava lá, posso dizer que vivi tudo aquilo. Um acidente desses não acontece com uma pessoa. Não há sujeitos em um acidente como esse. Apenas objetos. Ruído de matéria, catástrofe, merda, ruído de osso, massa encefálica, ferro retorcido, gasolina, borracha queimada, carros disformes que giram no ar e, uma vez traçada a parábola regulamentar, rompem a superfície do rio, que naquela época do ano está cheio pelas chuvas, e novamente o ruído da água atravessada que engole todos os ruídos e então nada mais.

A única coisa de que ela se lembrava com certa clareza, com certa consciência, era precisamente isso, o nada debaixo d'água, o rio correndo paralelo à vida, uma cena subaquática, talvez imaginária, em que alguém a ajudava a sair por uma janelinha, depois de arrancá-la das barras de ferro que aprisionavam sua perna.

E então nada. Até que acordou no hospital com uma perna a menos.

A terceira carta também relatava os pormenores de sua convalescença, as operações, as vãs tentativas dos médicos para salvar sua perna, a amputação. Ainda é cedo para saber como isso me afetará, dizia. A verdade é que ninguém sabe até onde chegam as raízes de uma perna recém-cortada. Essa terceira carta se perdeu no correio, então o biólogo nunca soube do acidente.

Eles haviam reconstruído tudo isso na noite anterior com fingida frieza clínica, como quem disseca um querido animal de estimação, sentados no divã de veludo.

Agora o biólogo, deitado na espreguiçadeira, observando as cinzas da cana queimada que formavam arabescos na superfície da piscina, repassava a conversa. De qualquer forma, ela dissera, você não ia me responder. O biólogo havia pensado em sua resposta, querendo ser sincero, querendo estar à altura da truculência que acabara de ouvir. Não sei, enfim disse ele, meu plano era mudar de vida, me afastar para sempre da cidade anã, mas, se eu soubesse do acidente, vai saber o que eu teria feito.

Depois dessas palavras, eles permaneceram em silêncio por um tempo, sabendo que era melhor não mexer em mais nada, e por alguns segundos ambos olharam estupefatos para os objetos falsos que os rodeavam naquela sala onde em breve começariam a filmar cenas da novela.

E, claro, também falaram de trabalho.

A ex-namorada estava coordenando um projeto de pesquisa sobre um caruncho, o escaravelho-vermelho, praga da palma africana ou da palma de óleo, uma verdadeira dor de cabeça para a economia do setor agrícola. O biólogo nem sequer tinha ouvido falar de um inseto com esse nome, mas a explicação da mulher foi suficiente para lhe dar uma ideia do que estava acontecendo. A monocultura da palma, que na última década e meia se estendera por toda a zona do Pacífico, uma praga por si só, era o ecossistema ideal para favorecer a disseminação de outra praga: o caruncho, um coleóptero da Ásia que põe seus ovos no interior das palmas. As larvas desses animais se alimentam do coração fibroso da planta hospedeira durante toda a fase anterior à formação da pupa, na qual completam sua metamorfose para espécime adulto, tecnicamente conhecido como imago, último estágio de desenvolvimento de um inseto, após sua última ecdise.

A voracidade e o número escandaloso de larvas afetam de forma grave a saúde das palmas, que ficam amareladas e deixam de produzir frutos até que morrem, resultando em perdas milionárias. Até o momento, o método de controle mais bem-sucedido, além do corte preventivo e do uso de fungos entomopatogênicos, haviam sido as armadilhas com feromônios que atraem e enganam os machos, fazendo-os acreditar que estão perseguindo uma fêmea, quando na verdade acabam presos em um pote de plástico. Mas recentemente a praga havia piorado, as armadilhas haviam parado de funcionar e o caruncho não se alimentava mais apenas da palma de óleo, agora invadindo outras espécies da planta, como o palmito e a pupunheira.

A ex-namorada disse que, segundo os testes da equipe, o feromônio usado nas armadilhas não era mais eficaz para atrair os machos porque, numa reviravolta adaptativa milagrosa, as fêmeas estavam modulando as frequências químicas de seus chamados sexuais. O biólogo gostou da metáfora radiofônica, como se os feromônios fossem estações de rádio que as fêmeas controlam para enviar mensagens aos machos. Agora que o homem conseguira intervir em uma estação, as fêmeas estavam conseguindo transmitir de muitas outras para que a invasão total do caruncho seguisse adiante, irrefreável.

É aí que precisamos de você, dissera a ex-namorada, sei que você não entende nada de insetos, eu sei. Não é a sua área. Mas você fez sua tese de doutorado sobre os feromônios de uma espécie de urso. Feromônios são feromônios. Precisamos de você como especialista em bioquímica. Não há muitos por aqui, como você pode imaginar.

13

A várias espreguiçadeiras de distância, sem perceber que o biólogo, apesar de distraído com suas coisas, os escutava, os dois roteiristas se acomodaram, resmungando baixinho contra as chefas. É uma negra lésbica, o que mais dava pra esperar. Isso vai ser um pesadelo, com essas sapatas nos repreendendo o dia todo. Por que será que são tão ressentidas? Quando os negros têm um pouquinho de poder, ficam insuportáveis, já reparou? Não puderam dizer mais nada porque um deles, o de boné, notou a presença do biólogo, imóvel como um jacaré.

Perturbado e sem saber o que fazer para esconder o constrangimento, o roteirista de óculos se enfiou na água e, com seus esguichos desajeitados, diluiu a camada de cinzas no azul impávido da piscina. Quando voltou para a beirada, a superfície ficou completamente limpa, sem nenhum rastro dos redemoinhos de pó.

Ressaca forte, rapazes?, disse o biólogo, levantando a voz. O roteirista de óculos se secava com uma toalha e deixou o outro responder qualquer coisa.

O biólogo riu para dentro. Ou nem tanto, porque o que estava com a toalha detectou o meio sorriso e ficou olhando para ele com um gesto ameaçador.

Nesse momento chegaram outros banhistas ressaquentos e toda a tensão se embrulhou e depois foi afogada pelas conversas dos demais.

O biólogo, sempre atrás dos óculos escuros, sem mover um músculo, dedicou-se a pensar no futuro. E o futuro, debaixo daquele sol que caía sobre ele como uma limonada fervendo, embalado por vozes e prestes a adormecer, o futuro era uma fila indiana de imagens desconexas que incluíam o caruncho, a prótese de uma perna, um maracujá-perfeito aberto ao meio, dois negros elegantes andando de braços dados pela fazenda, aonde vão aqueles senhores tão bem vestidos? O biólogo os segue. Como suspeitava, eles andam sem rumo, são robôs mal programados, pensa o biólogo sonolento, vão daqui para lá e falam sempre da mesma coisa, com as mesmas cinco frases prontas, como um vírus de computador, e então se separam, cada um por si, e o biólogo deve decidir quem seguir: opta pelo mais alto, que caminha com mais ímpeto que o outro, mais tímido, é assim que ele é, se deixa levar caso alguém ande na frente com determinação, o negro esguio e muito elegante sai da fazenda, atravessa a parte nova da construção, passa em frente à piscina, pela espreguiçadeira onde está deitado o biólogo, o biólogo o segue a uma distância segura, e o negro, com sua roupa azul-metálica, entra no canavial que, sob o sol forte, naquela hora em que o vento não sopra, lança um brilho despojado de qualquer entusiasmo, habituado como está a predominar na paisagem do vale, imerso naquele ar de derrota moral que os que sempre vencem têm. A roupa azul-metálica desaparece entre os juncos verdes. O biólogo a segue. Mas, quando ele se mete na monocultura, não vê mais rastro do negro. A monocultura nega o tempo e o cancela. Para a monocultura não há história, nem homens, apenas a eternidade, isto é, o nada absoluto. A monocultura é a vontade de Deus na terra. Uma terra sem terra. O algoritmo divino que faz tudo somar zero para maior glória do Um. E o biólogo se esgueira entre os juncos sem tempo, náufrago de outro naufrágio maior, que tem a ver com o tempo desumano das plantas que querem prescindir de todas as outras plantas, das gramíneas hipertrofiadas que querem dominar o mundo, algumas espécies de plantas, entende o biólogo, são a verdadeira besta do apocalipse, o capim nacional-socialista, a cana-de-açúcar dos escravos que não têm mais tempo, a banana, que nada mais é do que uma erva gigantesca, a palma de óleo, o pasto está conspirando há milênios para dominar o mundo e está nos usando como escravos, esses dois negros são dois dos milhões de robôs programados pelas corporações, que fingem agir em nome do capitalismo quando são apenas agentes a serviço do plano mestre das plantas do fim de todos os tempos. O dia, já que estamos no último dia de todos os tempos, cai com pressa, precipita-se em seu horizonte final e parte sem se despedir dos últimos homens. A noite cai no canavial. Estamos à mercê dessas plantas, pensa o biólogo, que finalmente consegue ver o negro da roupa azul-prateada preparando-se para atear fogo no canavial em plena escuridão. Vamos queimar tudo, diz o negro, está programado para dizer, vamos queimar tudo para que o ciclo recomece e só reste cana e mais cana, como a cana é doce, tão doce que se parece muito com a vida, é uma imitação muito boa, é uma imitação da vida muito bem-feita.

E o biólogo responde com a letra de uma música que lhe vem à cabeça, *no hay cañaduzal que se esté quieto y quiere que lo piquen pa' que se vuelva aguardiente*, justo quando começa a queimar de novo e o fogo sacode suas doze mil pétalas e qualquer um diria que quer voar e não pode, amarrado aos juncos que se consomem e não o deixam escapar, agarrando-o pelas pernas, para que todo o ar se encha daquele cheiro de coisas doces que imitam a vida enquanto o biólogo e o negro se olham como dois robôs mal programados e pensam: amanhã a fazenda inteira estará coberta de cinzas. Como sempre e como sempre sobre a impávida superfície flutuará uma fina película de bagaço: a sopa primordial onde são testadas as formas da vida futura.

14

Na manhã de segunda-feira, a caminho do internato, o biólogo tentava encontrar alguma coisa no rádio enquanto dirigia. Estava cansado de ouvir notícias e, com um olho sempre na estrada, girava o botão do dial, mas do aparelho só saíam músicas estridentes, estações cristãs e mais notícias. No fim desligou o rádio e começou a pensar em qual seria o melhor momento para deixar aquele emprego, quando anunciar sua saída. Sentiu um pouco de culpa por não cumprir o prazo estipulado no contrato, por deixar na mão a diretora do instituto, que era a única pessoa naquele lugar por quem sentia alguma simpatia. Vão ter dificuldade de encontrar outro substituto, pensou, e provavelmente vão ficar zangados comigo. Havia também a possibilidade de que o projeto de pesquisa sobre o caruncho fosse uma enganação. Melhor ter certeza, decidiu, antes de anunciar qualquer coisa.

A manhã estava fresca, mas o sol já começava a brilhar, quente, sobre o rosto dos agricultores que andavam de bicicleta pela estrada, pedalando montanha acima entre os cafezais.

Chegou cedo ao colégio, foi um dos primeiros, como pôde comprovar ao entrar na sala dos professores. Ficou surpreso ao ver, sobre sua mesa, um envelope pardo com seu nome escrito numa caligrafia antiquada e meio torta, como a letra de um ancião. Abriu-o sem pensar e lá dentro encontrou, entre um monte de ervas aromáticas, alecrim, manjericão, chicória, poejo, um bilhete do tio enviado do hospital psiquiátrico. O biólogo teve dificuldade de decifrar uma escrita em que as letras estavam coladas umas nas outras por um caramelo pegajoso que fazia e desfazia o sentido e fraturava o núcleo de cada palavra:

Anãnópolis, abrilou maiojun ho,

Eraumavezum irmãobom eumirm ãomau. E entreeles aífoi ondea porquinhator ceu o rabo.

Vocêê o irmãobom porquinho ou o irmãomau rabinhotor cido. Éomole ou éoduro. ??? Todas ascriaturassãodedeus.

Oirmão foi levadopelo demo $$$$ pastor. Oirmãofoi levadopramon$$$$tanha jogaramele norio. Porissonão encontraramele%%%%. Vemmever quetenho umacoisinha procê&&&&.

Ot&o.

Guardou tudo de volta, as ervas aromáticas e o bilhete, no envelope, preocupado com a saúde do tio. Estava tão mal assim? Ligou para o hospital psiquiátrico, mas o número que havia encontrado na internet só devolvia o ruído típico das comunicações incompletas, um nó eletrônico, interferência de sinais cruzados, zumbidos. Apesar disso, insistiu, discou várias vezes, esperou em vão para ver se o ruído mudava para um tom normal.

Depois foi dar as primeiras aulas com um aperto de consciência pesada no peito e assim, distraído, começou a falar diante dos penteados-padrão sobre as mudanças climáticas. Mais que falar, recitava, como um pregador que de repente tivesse perdido a fé: o homem é o principal e mais nocivo agente das mudanças climáticas, pode até ser considerado um agente geológico. Estamos destruindo o planeta, estamos modificando radicalmente toda a vida, mas não podemos parar, não podemos mais parar. Não destruímos apenas o que está na superfície, somos piores que o caruncho, nos enfiamos no interior da terra e extraímos ouro, carvão, petróleo. Somos uma praga. Os polos estão descongelando. O nível das águas está aumentando ano após ano. Secas extremas e inundações.

As alunas já tinham ouvido falar de tudo aquilo em muitos outros lugares e não pareciam muito impressionadas com o relato apocalíptico do biólogo.

A jovenzinha da barriga pontuda levantou a mão. Posso ir ao banheiro?, perguntou.

O professor disse que não, que ela precisava esperar até o intervalo e continuou a aula.

Poucos minutos depois, a menina levantou a mão outra vez. Posso ir ao banheiro, professor? É urgente, insistiu, não consigo aguentar.

Houve um murmúrio de protesto na sala, mas o professor não queria dar o braço a torcer. Aquelas menininhas estavam começando a abusar de sua paciência, era melhor ser inflexível para que aprendessem.

O biólogo continuou falando sobre a catástrofe climática e, para não ser interrompido, olhou pela janela. Durante alguns minutos recitou: os cientistas alertam que o planeta está perdendo oxigênio, os cientistas alertam para o aumento das pandemias e para o surgimento de novas doenças e fomes.

Quando se virou para verificar se tudo estava em ordem, viu a mesma mão levantada. Professor, preciso ir ao banheiro, é sério, repetiu a menina da barriguinha pontuda.

Só então o biólogo percebeu o que havia por baixo do penteado-padrão: o rosto, as lágrimas, uma careta de desespero animal.

Surpreso, ele deu alguns passos em direção à aluna para vê-la melhor e percebeu que a bolsa da menina já havia rompido. Suas pernas estavam encharcadas. Sem perder um segundo, chamou uma ambulância pelo telefone e ordenou que uma das alunas fosse buscar a diretora. Ele apalpou a barriga da gestante para medir a frequência das contrações. A coisa era preocupante. A sala de aula de repente se tornou um galinheiro. A comoção das jovens ficou totalmente fora de controle.

Alertados pelo barulho, os professores que lecionavam nas outras salas começaram a se aproximar, apenas para saciar a curiosidade. Logo se formou um grupo de professores pálidos ao redor da cena. A de matemática foi a única que lhe ofereceu ajuda, mas, quando viu todo o líquido amniótico no chão e nas pernas da aluna, não conseguiu conter a ânsia. Quase vomitou. Seus olhos lacrimejaram. Calma, disse o biólogo, calma. Se quer ajudar, ligue novamente para a emergência. Precisamos da ambulância agora.

A diretora abriu caminho entre alunas e professores e bastou ver o rosto do biólogo para perceber que a situação era bastante séria. A ambulância só vai chegar daqui a meia hora, disse a diretora, resolutiva como sempre. Vamos levá-la para a clínica nós mesmos.

Entre o gordo da educação física e o magrelo que ensinava filosofia, improvisaram uma rede com um lençol e transportaram a grávida para o Mazda do biólogo, tudo sob as ordens da diretora, que entrou ao lado da grávida no banco de trás. Dirija com cuidado, disse ao biólogo.

Seguiram pela estrada rural e não tinham percorrido nem dois quilômetros quando a grávida soltou um grito furioso. A diretora tentou acalmá-la. A menina, porém, gritou de novo. Gritou como uma fera e o grito percorreu os corpos do biólogo e da diretora como uma advertência antiga, vinda das profundezas do cérebro límbico, o cérebro pré-histórico, e os dois se arrepiaram.

A menina deitou como pôde no banco de trás, deixando a diretora encurralada em uma posição bastante desconfortável. Os gritos animalescos não paravam. O corpo da grávida se contorcia como uma larva gigante.

Acelere!, disse a diretora, acelere o máximo que puder! Rápido!

O biólogo obedeceu. Esquivando-se o melhor que pôde dos buracos do chão não asfaltado, levando ao limite o motor já velho do Mazda, chegou à estrada principal.

Gritando, a jovem arrancou a saia e a calcinha, preparando-se para a próxima fase da transformação.

A diretora notou que a vagina da menina estava muito dilatada, muito larga e carnuda como se estivesse florescendo, molhada, latejante: a cada careta da diretora, a vagina respondia mostrando novas pétalas, novas dobras, novas línguas viscosas, e a habilidade expressiva desse segundo rosto contrastava com os gritos que a jovem dava lá em cima, do outro lado da larva.

A diretora sabia que a vagina podia levar a imitação de gestos muito além da mimese, da simples reprodução. Em vez de copiar, a vagina traduzia tudo em seu próprio código. A abertura foi ficando cada vez mais ampla, o suficiente para permitir que algo peludo aparecesse empurrando lá de dentro.

Não vamos chegar a tempo, disse a diretora, sabendo que havia sido derrotada no torneio de caretas, pare aqui. Temos que cuidar disso da melhor maneira possível.

Pararam à beira da estrada, junto a uma barraca que vendia *pandebonos* fresquinhos e *kumis* gelado. O biólogo correu para cuidar de tudo.

O casal de idosos que atendia a barraca dos *pandebonos* logo percebeu o que estava acontecendo e trouxe um balde com água, uma toalha, papel higiênico e uma tesoura que o biólogo esterilizou da melhor maneira que pôde com álcool e água quente.

A vagina olhava para todos eles e ia se abrindo e a menina gritava. A coisa peluda continuava empurrando.

A cabeça peluda apareceu inteira: uma única bola de pelo preto, longo e liso.

O pelo cobria todo o rosto da criança.

O resto do corpo parecia normal. Um bebê normal.

O biólogo puxou o corpinho para terminar de retirá-lo. Cortou o cordão com uma tesoura. A placenta caiu no estofamento barato do assento como uma substância extraterrestre.

Os dois idosos da barraca dos *pandebonos* estavam de joelhos e rezavam com os olhos quase brancos de tão virados para o céu.

A diretora cobria o rosto com as duas mãos e balançava a cabeça, negando, negando.

O biólogo segurou o bebê de cabeça para baixo e lhe deu uma palmadinha para fazê-lo chorar. E ele chorou.

O choro também era normal. Era apenas um bebê com o rosto coberto de pelos.

O biólogo examinou o corpinho e viu que ele tinha um aglomerado de pequenas protuberâncias que pareciam quitinosas na parte de trás da cabeça, sabe-se lá se eram permanentes, e todas de uma cor preta muito intensa, como unhas escuras ou escamas volumosas.

Após envolver o corpinho do recém-nascido na toalha, o biólogo o entregou à mãe, que não gritava mais e estava sorrindo. Parece saudável, disse o parteiro, só que tem o rosto assim, peludinho, e umas bolinhas duras atrás da cabeça.

A menina não parava de sorrir, puro amor de mãe.

Quando todos recuperaram a calma, quando a diretora conseguiu parar de cobrir o rosto com as mãos, o biólogo anunciou que era hora de levar a mãe e a criança ao posto de saúde.

Antes de se despedirem, os velhinhos da barraca de *pandebono* entregaram ao bebê um santinho de São Judas Tadeu, o santo das causas difíceis ou impossíveis.

O recém-nascido havia parado de chorar e agora dormia, deitado no peito da mãe, enquanto o Mazda chegava aos limites da cidade anã. A diretora estava no banco do passageiro, com o rosto rígido, como se alguma coisa tivesse roubado todas as suas expressões, e o biólogo tentou confortá-la colocando a mão em seu ombro. Está tudo bem?, perguntou. A diretora tentou sorrir, mas não conseguiu.

A jovem começou a olhar pela janelinha com uma cara angustiada. Não me levem àquela clínica, por favor, atreveu-se a dizer. Para aquela clínica não. O biólogo olhou pelo espelho retrovisor. A diretora cobriu o rosto novamente com as duas mãos. O biólogo perguntou à menina por que ela não queria ir para lá ou se tinha a ver com seu plano de saúde. A jovem não respondeu imediatamente. Primeiro olhou para todos os lados, como se quisesse ter certeza de que não estavam sendo seguidos. Lá, disse, naquela clínica, vão tirar meu bebê de mim.

O biólogo sorriu, condescendente, e lhe garantiu que ninguém tiraria o bebê dela em lugar nenhum. Quer que a gente ligue para o pai?, disse. Me dê o número e eu ligo.

Pelo retrovisor, a jovem retribuiu o sorriso com um cinismo que gelou o biólogo. Meu bebê não tem pai, ela disse. Tem muitos. Mas o único e verdadeiro pai é o Cavaleiro da Fé.

A diretora, que havia permanecido todo aquele tempo em silêncio, com o rosto escondido nas mãos, saiu de sua bolha de negação. De qualquer forma, ela disse à menina, vão te encontrar, não importa onde você se esconda.

15

Só um acompanhante, resmungou o cara da segurança que vigiava a entrada do Pronto-Socorro da Clínica da Fé. A diretora aproveitou a restrição para se despedir. Tenho que voltar para o colégio, disse, você a acompanha. E saiu apressada, de cabeça baixa, como se não quisesse ser vista ali.

O biólogo ficou sozinho com a garotinha e o bebê peludo. Um jovem e simpático médico o felicitou por seu sangue-frio. Outro no seu lugar não teria reagido tão bem, o senhor é médico? Não, disse o biólogo, sou biólogo e já participei de alguns partos de animais, vacas, cavalos. Veterinário?, perguntou o médico. Não, não, veterinário não, disse o biólogo, mas conheço o procedimento.

Muito bem, isso que é um pai de verdade, disse o médico, com os olhos injetados de sangue e a boca pastosa, com linhas de baba grossa nos cantos da boca, os cabelos sujos e desgrenhados. O biólogo entendeu que estava diante de um entorpecido. Ou um viciado em drogas. Ou ambas as coisas. Eu gostaria de ter tido um pai como o senhor, disse o médico, continuando a falar consigo mesmo. O biólogo sabia que as condições de trabalho do pessoal da área da saúde eram degradantes, com salários baixos, turnos diabólicos, e não era incomum que muitos acabassem viciados em drogas. Eu não sou o pai, explicou o biólogo. Sou apenas o professor da jovem. O médico o encarou revirando o olhar e disse que a atração entre aluno e professor era uma coisa muito comum, mas que agora ele precisava esperar ali até que os exames terminassem. Vamos botar o bebê numa incubadora, explicou o entorpecido, ele nasceu um pouco prematuro e abaixo do peso. E, claro, vamos ter de fazer vários testes. É um bebê saudável e fofo, mas tem suas coisinhas, como todas as crianças.

Na sala de espera, o biólogo sentou entre um bando de mulheres dos bairros mais pobres da cidade anã, todas com cara de quem tinha passado a noite ali mesmo, esperando, conformadas com o bizantinismo do sistema, igualmente entorpecidas diante de uma televisão com o volume tão baixo que embalava e incomodava ao mesmo tempo.

O biólogo não gostava de teorias da conspiração. Sempre as considerara deselegantes, muito caóticas e, em resumo, destinadas a favorecer explicações simplistas e ideológicas para fenômenos complexos, muitas vezes baseando-se em falácias, raciocínios circulares, coincidências inverossímeis e emboscadas argumentativas. A conspiração, por outro lado, ou assim pensava o biólogo, fornece esquemas de inteligibilidade nos contextos em que o irracional ameaça borrar tudo. Onde o risco de delírio coletivo é maior, onde o cultivo da razão e da lógica foi desdenhado, as explicações baratas são vendidas como pão quente porque dão à consciência um placebo, um substituto da razão, e assim é mais fácil envolver qualquer fenômeno numa aura de mistério que perpetua o atraso e a estupidez: qualquer acontecimento se torna matéria de ficção.

E a ficção que não respeita a primazia dos dados é anticiência por antonomásia. Era nisso que pensava enquanto esperava na sala, rodeado daquelas mulheres cuja massa cerebral estava sendo sugada pela televisão desde a noite anterior. E, apesar de seu ceticismo, o biólogo ainda tinha a incômoda sensação de que todo mundo estava envolvido em alguma coisa e ele era o único tonto ingênuo que andava por aí sem saber de nada.

Nesse momento o médico entrou e lhe disse que a mãe e o bebê tinham sido transferidos com urgência para outra clínica, que aparentemente haviam surgido algumas complicações na saúde de ambos, mas que não havia nada com que se preocupar porque tudo estava coberto pelo plano pré-pago da jovem.

Além disso, falou o médico, um pouco envergonhado, o senhor não é o pai, certo? É apenas o professor. Bem, pode ir tranquilo, porque sua aluna está nas melhores mãos.

O biólogo finalmente entendeu que, se estava diante de um complô, se o que se oferecia aos seus sentidos naquele momento era uma representação, uma cortina de fumaça, a coisa não poderia ser mais vulgar ou mais malfeita, tendo aquele banana como ator coadjuvante. Por acaso achavam que ele era idiota?

Precisou se conter para não dar um soco no médico, para não o sacudir pelos ombros. Se eu der um soco nele, vão pensar que o maluco sou eu, disse a si mesmo, e então percebeu que já estava flutuando na lógica conspiratória, sabe-se lá desde quando.

16

Deixou a clínica quase se arrastando pela sensação de derrota intelectual e não pôde fazer mais nada além de sair andando.

Sob o efeito de uma música de mil fios cruzados que só ele ouvia, afastou-se daquela zona horrível de hospitais, farmácias e funerárias. A pouca vontade que lhe restava o levou a uma rua vazia que o fez passar em frente às ruínas do antigo zoológico, pequeno e modesto, como tudo na cidade anã, onde só restavam as jaulas vazias e a grama muito alta entre várias goiabeiras.

Em seguida atravessou uma pontezinha e chegou ao decrépito complexo esportivo da universidade. Lá ficou um tempo olhando através da grade as antigas plataformas de trampolim, as piscinas vazias, as quadras. Ao longe havia um punhado de corredores trotando pela pista de atletismo. O cartesianismo ultrapassado daquela paisagem, mal perturbada pela presença humana, pôs alguma harmonia artificial na música monótona que estava dentro de sua cabeça. Deu um longo suspiro e durante vários minutos deixou-se levar, narcotizado, por aquela geometria carcomida, por suas linhas e semicírculos, pelos tabuleiros de madeira úmida e pelos aros enferrujados, pelo enorme retângulo do campo de futebol, com suas linhas perfeitas e brancas e simétricas, pelas suaves elipses que sugeriam trajetórias mensuráveis, quantificáveis. É óbvio que alguma coisa muito, muito complexa está acontecendo aqui, pensou, mas não posso tirar conclusões precipitadas. Preciso de mais dados. Ele só tinha certeza de sair do emprego no colégio de moças. Não vou voltar lá, disse a si mesmo, antes de retomar a caminhada. Não vou nem exigir meu pagamento.

Depois perambulou por outras partes do campus, entre os prédios racionalistas das faculdades de engenharia e, um pouco mais adiante, pelo morro onde ficavam os blocos das residências estudantis.

Sentou-se para descansar num banco de concreto, no jardim abandonado que separava os prédios uns dos outros, junto aos pés de alecrim, e o cheiro das plantas o fez lembrar do bilhete que seu tio lhe enviara naquela manhã no colégio dentro do envelope cheio de ervas aromáticas. Dizia algo sobre seu irmão. Ou pelo menos era o que conseguira decifrar naquele amontoado de letras. Seu irmão. Seu irmão. Meu irmão.

O biólogo tinha consciência de que durante todos aqueles anos vinha construindo uma barreira emocional para não pensar no irmão, na morte do irmão. Nunca serei um verdadeiro humboldtiano, disse a si mesmo, risonho e triste. Um verdadeiro humboldtiano não só criaria redes paranoicas de informação, mas também faria um esforço para estabelecer conexões sensíveis. Ou melhor, um verdadeiro humboldtiano saberia que a inteligibilidade de toda a rede de relações aparentemente mecânicas entre organismos depende de conexões emocionais. O *Naturgemälde*, a pintura da natureza, só surge se o cientista assume sua singularidade, o espaço frágil e delicado a partir do qual vê, ouve e fala, e só a partir daí pode pintar uma imagem do mundo, fragmentária, segmentada, de modo algum dominante ou imperiosa: pelo contrário, será uma humilde, mas colorida miniatura do universo.

O biólogo aprendera essa lição desde muito jovem, no terreno do tio, onde ele e o irmão se dedicavam a observar o comportamento dos beija-flores. Porque ser americano e ser naturalista são a mesma coisa, repetia o tio, que às vezes, muito de vez em quando, ficava pensativo depois de declamar seu lema e começava a divagar como um louco que ser americano e ser revolucionário eram a mesma coisa que ser naturalista. São sinônimos, dizia, mas vejam nossas cédulas, sim, as cédulas do banco da república. O que havia em quase todas as cédulas? Um pai da pátria, ou seja, um revolucionário, um guerrilheiro republicano e, no verso, um exemplar de flora ou fauna, ou um acidente geográfico monumental. Nosso relógio começou a correr com uma revolução e não parou desde então. E o relógio da revolução é o relógio da natureza revelada. Haverá momentos em que parece que não, que o tempo da revolução já passou, que a reação triunfou, mas não se deixem enganar. Porque a revolução nada mais é do que a vida, e a vida é uma força irreversível que se desencadeou há milhões de anos. Às vezes parece que a morte vai prevalecer sobre a vida, mas a vida sempre consegue enganar a morte. Está tudo resumido em nossas cédulas, como numa pintura da natureza, dizia, enquanto os beija-flores executavam sua dança sincronizada e o biólogo e seu irmão o ouviam com o fascínio e o mistério que o circo causa nas crianças. Para o tio, a distribuição de papéis era mais do que clara: o biólogo seria o homem da ciência, o sujeito das medidas e categorias, o taxonomista diligente dedicado ao estudo do urso-de-óculos, seu animal preferido da fauna local; enquanto seu irmão, mais sensível, mais feminino, assumiria a tarefa da arte. E assim foi durante anos, até que o irmão, influenciado pela mãe, que tinha outros planos para a luz de seus olhos, começou a desdenhar não apenas de seu papel nessa equação, mas de todos os delírios estéticos do tio. A partir de um momento, no início da adolescência, o irmão começou a revirar os olhos toda vez que o velho soltava uma de suas tiradas e em algumas ocasiões até se atreveu a comentar, ou melhor, a repetir comentários alheios sobre como o tio teria sido afetado pelo tempo que passou na prisão. Poucos anos depois, desejando cumprir o mandato da mãe, o irmão matriculou-se numa academia, eliminou qualquer sinal afeminado que pudesse entregá-lo e anunciou que ia estudar direito e se dedicar à política. Claro, nunca mais voltou às terras do tio para observar os beija-flores. Não somos bichas pra ficar vendo passarinhos o dia inteiro, dizia.

O biólogo, que não podia mais desistir da missão de se tornar naturalista, mas também não queria se afastar da mãe e do irmão, optara por um caminho mais moderado, longe do entusiasmo e do radicalismo político do tio. No final das contas, pensava, a ciência é uma questão pura, superior. É possível ser naturalista sem se rebaixar a ser revolucionário ou americano. O que eu quero é estudar os animais, repetia para si mesmo, para se convencer da autonomia de sua ciência e de seu carácter moderado, e se puder sair daqui, desta cidade miserável, melhor ainda.

Sentado no banco de concreto, cercado pelo cheiro de alecrim, o biólogo enfim sentiu que tudo fervia no mesmo desenho: as emoções e as ideias, os dados, as lembranças do tio, um bebê com a cara peluda, a prótese de uma perna, uma virgem abandonada num nicho em forma de concha, o assassinato do irmão, um homem com cabeça de escaravelho, uma monocultura de edifícios, a passiflora, os olhos esbugalhados do Tio Remus, perdido no zip-a-dee-doo-dah. Ainda não entendia nada, mas a imagem viva começava a tomar forma. Talvez, pensou o biólogo, talvez seja hora de ir à casa velha.

17

Quem lhe abriu a porta foi o velho maldito que cuidava da casa, um idoso canalha que demorou para reconhecê-lo e quase não o deixou entrar. Sim, lembro do senhor, disse, mas em nenhum momento deixou de agir como se estivesse sendo incomodado. O biólogo ficou irritado por ser tratado assim em sua própria casa, na casa da sua infância, mas, como tinha coisas mais importantes para fazer, preferiu não falar nada.

Por dentro estava tudo mais ou menos igual, exceto seu quarto, onde se instalara o filho cadavérico e drogado do velho maldito. Aparentemente, por ordem da mãe, todas as suas coisas estavam guardadas no sótão da casa. O biólogo não se importou muito com isso. Há muitos anos havia desistido da ideia de ter algo parecido com um lar deste lado do mundo, então perder aquele pedaço também não significava muita coisa.

Durante algum tempo andou pela casa, entrando e saindo dos quartos, sob a vigilância atenta do velho maldito. Do que o jovem precisa, perguntava o puxa-saco a sangue-frio. O que posso oferecer ao senhor? Em que posso lhe servir? E fórmulas semelhantes. O biólogo não respondeu nem uma vez, até que o velho carrancudo se cansou de persegui-lo e o deixou sozinho. Ele também não sabia bem o que estava procurando. No começo só queria andar pela casa, vê-la outra vez depois de tantos anos, saber que ainda estava de pé. Nem mesmo o velho puxa-saco havia conseguido estragar essa satisfação.

Pelo cheiro que saía quando abria algumas portas, o biólogo sabia que há muito tempo ninguém entrava em vários daqueles quartos. Como um fantasma, passou a mão pelos móveis para se untar com aquela poeira, com aquele aroma de guardado, e até espiou dentro dos vasos para ver se o tio tinha deixado ali um molho de chaves, como era seu costume, mas a única coisa que encontrou foram as pontas de cigarro que a mãe costumava apagar na terra, supostamente para adubar. O biólogo ficou feliz até com esse detalhe e sentiu gratidão pela mãe, que, no fim das contas, não tinha necessidade de manter aquela casa e muito menos de pagar um caseiro. O velho cara de cu era um mal menor comparado aos benefícios de manter a antiga casa da família naquelas condições.

Depois de vários rodeios decidiu entrar no quarto do irmão, que ainda estava impregnado do mesmo perfume. Uma fragrância masculina, criada para cobrir todos os outros odores. Um manto sufocante de respeitabilidade e potência viril que permanecia no ar dez anos depois.

O biólogo abriu as gavetas, remexeu papéis, anotações, folheou livros estéreis de estatísticas e leis, álbuns de fotos, vasculhou o armário e revisou os ternos, as camisas e então teve noção da espessa crosta de oficialidade do irmão. Não havia nada entre seus pertences que pudesse delatá-lo, nada, nem uma revista pornográfica debaixo do colchão, nem um único objeto comprometedor. Nem sequer na lixeira do computador, uma máquina velha que rodava com Windows 95, onde tudo estava organizado em pastas de trabalho e letras e títulos de compra e venda. Seu irmão havia sido extremamente cuidadoso em manter sua homossexualidade na linha, longe de sua vida pública como advogado, corretor de imóveis e, no fim, estudioso de direito de propriedade rural.

O biólogo tentou lembrar em que momento havia começado essa mudança, do menino doce ao executivo sem escrúpulos, sempre arrogante, sempre na defensiva, quais circunstâncias haviam desencadeado isso. Claro, o ideal teria sido encontrar alguma coisa, uma pista ou uma carta, por exemplo, uma carta num dos arquivos de computador endereçada a ele, na qual o irmão revelasse tudo e desse pistas sobre sua morte. Querido irmão, há tantos anos guardo este segredo que me corrói... Mas isso era pedir demais, o biólogo sabia. Não havia gênero mais contrário à personalidade do irmão do que o da confissão. A prestação de contas, para ele, só podia ser feita em uma tabela Excel e disso sim havia muitos exemplos. Alguém mais sistemático do que eu, pensou o biólogo, examinaria cuidadosamente esses arquivos e tentaria ler nas entrelinhas. *Follow the money*, como dizem nos romances policiais. Sabendo que não era essa pessoa, examinou diversas tabelas nas quais apenas encontrou projeções, negócios ilusórios, especulações. Ficou tranquilo por não achar nenhuma dívida significativa ou movimentos de grandes quantias de dinheiro. Aquelas tabelas apenas refletiam um homem com enormes possibilidades de triunfar, muito organizado com as suas coisas, o cavalheiro sério e sereno que sua mãe promovia como solteiro de ouro, com participações no Country Club, o acompanhante perfeito para uma tarde de touradas.

Dez anos antes, numa noite em que o biólogo voltava para casa depois de ter passado o dia inteiro no laboratório analisando amostras de urina de ursos-pardos europeus, recebera um telefonema de sua mãe, do outro lado do Atlântico. Acabaram de encontrar o corpo do seu irmão atirado em um pasto, com oito tiros na cabeça. O biólogo pegou um avião dois dias depois e chegou à cidade anã para ajudar a mãe com a papelada e os resultados da investigação do Ministério Público. As lembranças que o biólogo tinha daquela época eram muito confusas. A dor se misturava com a raiva e depois com a impotência diante da suspeita lentidão e da falta de clareza dos dados fornecidos pelos promotores. De início, graças sobretudo ao trabalho de um jornalista do *El Liberal*, o jornal da cidade anã, a investigação focou uma disputa de terras entre alguns empresários de palma de óleo e uma associação de agricultores negros da costa do Pacífico. Segundo o jornalista, o irmão teria se oposto a uma operação de legalização de terras usurpadas ilegalmente dos camponeses e esse teria sido o motivo de seu assassinato. Pressionados pela repercussão midiática, os procuradores não tiveram outra escolha senão seguir essa linha e durante algum tempo o processo ficou repleto de referências a essa e outras falcatruas cometidas pela mesma empresa produtora de óleo de palma. E assim, cavando, cavando, os promotores começaram a se deparar com os rastros, com os inevitáveis descuidos e, sobretudo, com as testemunhas que, no fim, acabaram trazendo à tona a vida secreta do irmão em boates, sites de relacionamento, e-mails picantes, chats e até algumas fotos em que posava sem camisa com um cocar de penas. Essa descoberta inesperada mudou completamente o rumo da investigação e em poucos dias ganhou força a hipótese de um crime passional entre homossexuais, o que atraiu muito mais atenção da mídia, apesar das advertências do jornalista do *El Liberal*, que insistiu em sua teoria do litígio com a empresa produtora de óleo. A mãe ficou furiosa, indignada e em vão usou todas as suas amizades políticas para impedir que essa história se espalhasse. Durante alguns dias no rádio, na televisão local, em artigos de opinião, só se falava de bichas assassinas, de amores doentios, de perversões inenarráveis. A promotoria, no entanto, permanecia sem se pronunciar. Poucas semanas depois, quando todos já tinham esquecido o caso, apareceram três culpados que a polícia identificou como membros de uma gangue de sequestradores que negociava a venda de reféns com vários grupos armados de orientação comunista. Em troca de uma redução na pena, os facínoras, disse um comandante no rádio, com o léxico particular das forças de segurança, confessaram sua participação no sequestro e posterior assassinato do irmão do biólogo. A vítima, uma vez adquirida pela frente terrorista, seria usada para extorquir dinheiro da família, prática comum entre esses bandidos, como todos sabem, explicou o comandante, só que o negócio dera errado e agora as autoridades precisavam esclarecer esse ponto.

A promotoria foi rápida em endossar a hipótese da polícia e aparentemente isso satisfez todas as partes, inclusive a mãe, que não voltou a perguntar sobre o assunto e se concentrou nas tarefas espirituais do luto. De toda forma, o caso não foi encerrado porque nunca foram fornecidas provas conclusivas, para além dos depoimentos dos supostos perpetradores, e, entre outras coisas, porque o teimoso jornalista do *El Liberal* persistiu durante algum tempo em sua batalha solitária.

Com o passar dos meses, os três integrantes da quadrilha de sequestradores foram assassinados dentro da prisão. Não foram mortos ao mesmo tempo, semanas se passaram entre um e outro, e tanto as circunstâncias quanto os métodos empregados em cada caso foram muito diferentes. Asfixia, envenenamento, arma branca. Esse caso também não fora concluído. Tudo permanecia em suspenso, perpetuamente sujeito à sua própria paralisia, como o curso de um rio de cimento fresco que tivesse secado rapidamente sob o sol tropical.

O jornalista do *El Liberal*, com o léxico específico dos repórteres da província, escreveu uma última nota sobre o caso do irmão, em que concluía: não há melhor maneira de matar uma história do que complicá-la, afogando-a com informações inúteis e desconcertantes. A atenção do leitor vai se dispersando nas mil e uma ramificações de uma trama cada vez menos tensa, cada vez menos interessante, e é dessa forma, senhoras e senhores, é com essas artimanhas dos prosadores e contadores de histórias, que a impunidade é fabricada neste país.

Depois de publicar essa nota, o jornalista do *El Liberal* recebeu ameaças e teve de se mudar para outra cidade, onde não pôde mais exercer sua profissão. Agora tinha uma loja de eletrodomésticos na fronteira com o Equador e não queria nem saber do trabalho de repórter.

A mãe também não gostara do último artigo do jornalista. No meio da angústia, no meio do pranto, das mantilhas pretas e das eternas conversas ao telefone com as consoladoras, ela estava feliz por ver restaurados o bom nome e a virilidade do filho, mas, acima de tudo, o biólogo entendeu que a mãe tinha muita noção do abismo entre a briga de boiolas e o terrorismo de inspiração marxista no que dizia respeito a reputação; ou seja, a mãe sabia se aproveitar da tragédia. Com a distância que o fato de viver longe de tudo isso lhe proporcionava, com frio interesse científico, o biólogo percebeu muito cedo que ser vítima daquele espectro de grupos armados tinha dado à sua casa uma aura de respeitabilidade: ficaram imediata e eternamente do lado da gente de bem, dos honestos, dos justos, quase majestosos no sofrimento. E, como a própria mãe demonstraria anos mais tarde, um pouco de habilidade e alguns contatos seriam suficientes para tirar partido daquela situação, ter acesso a certas pessoas importantes e obter dádivas e mimos dos mais altos níveis. Bastava jogar o jogo direitinho, e sua mãe era a melhor jogadora, a mais experiente e a mais astuta.

O biólogo nunca engoliu nenhuma das três histórias, basicamente porque não conseguia reconhecer o irmão nos retratos: não via o amante romântico capaz de desencadear loucas paixões, nem o homem da lei disposto a se contrapor a empresários, certamente conhecidos seus, apenas para defender os direitos de uma minoria oprimida, e, embora qualquer palerma pudesse ter confundido o irmão com um jovem milionário, as estranhas coincidências e o relato policial inconsistente diminuíam a credibilidade da versão do sequestro com fins de extorsão. Em resumo, todo esse emaranhado de histórias fantásticas apenas contribuía para distorcer ainda mais a imagem que o biólogo tinha do irmão. Porque, afinal, quem era seu irmão? Será que o conhecia de verdade? Ou, para ser mais preciso, qual era o irmão de verdade? O menino sensível e de temperamento artístico ou o insuportável dos ternos e perfumes que, de modo inexplicável, se recusava a sair do armário justo quando muitas pessoas de sua mesma classe social e escolaridade começavam a fazer isso? Eram tão diferentes essas versões? Será que não havia vasos comunicantes que lhe dessem coerência e unidade, não havia um organismo completo que explicasse as aparentes contradições entre suas partes e funções?

O biólogo concluiu que, depois de tanto tempo, não fazia mais sentido ficar obcecado com a verdade e muito menos com a justiça. Agora era questão de tomar uma decisão e era óbvio que ele não tinha dúvidas sobre qual dos dois irmãos preferia. O doce menino marica, esse é meu irmão, o refinado observador de pássaros, o contador de histórias que inventava pais imaginários para nós, pensou o biólogo, pelo menos para mim, esse é meu irmão, meu companheiro de brincadeiras, meu cúmplice, meu irmãozinho, aquele que uma vez me convenceu de que o nosso pai, o verdadeiro, não o do ano anterior que se revelara um farsante, não, esse sim era o autêntico pai, trabalhava num circo, fazendo piruetas com sua moto dentro de uma bola gigante de metal... E essas esferas enormes de ferro com motociclistas dentro, será que ainda existem em algum circo?, divagava o biólogo, remexendo em papéis inúteis no quarto do irmão, será que ainda existem circos? Há muito tempo haviam construído um supermercado descomunal no descampado onde o circo itinerante costumava armar acampamento. É possível que continuem vindo e agora fiquem em outra área menos visível. O biólogo, encantado com a lembrança, se viu com o irmão indo cinco, seis, sete dias seguidos às apresentações só para ver o pai fictício, o verdadeiro pai. Enfim o encontramos, sussurrava o irmão em seu ouvido entre as cadeiras. Então todas as luzes se apagavam de repente e um grande caldo de olhos muito brilhantes se formava na plateia, uma voz anunciava o grande feito e a gigantesca esfera metálica era montada a toda velocidade entre as sombras. E se ouviam as primeiras notas de "The Final Countdown", uma fanfarra que eletrizava os dois meninos, e, com toda a pompa teatral imaginável, apareciam dois motociclistas, um de roupa preta e outro de roupa branca, que segundo o irmão era o pai. É aquele, olha bem, o de branco, dizia, ele se mexe como a gente, é Ele. Baixavam a música e os dois motociclistas, em total silêncio cerimonial, entravam na bola e lá travavam um duelo de piruetas, rugidos, produzindo uma nova música de motores e fumaça e estrondos metálicos. Ao fim do espetáculo, os dois meninos entravam numa fila eterna e pagavam vinte pesos para tirar uma Polaroid com os dois motociclistas, que nunca, nunca, removiam os capacetes. Hoje sim vamos falar com ele, dizia o irmão, hoje vamos dar oi e vamos dizer papai, somos nós, seus filhos, e ele vai nos levar para passear de moto. Mas nunca falavam com ele. Esperavam quase meia hora na fila, morrendo de nervosismo, ansiosos para ver o pai, e quando chegavam só pagavam, tensos, sem dizer uma palavra, tiravam a foto abraçando o cara de roupa branca e iam embora. Amanhã voltamos. Amanhã dizemos alguma coisa para ele, prometiam a si mesmos quando voltavam para casa, felizes. E o irmão, metódico na mentira, disciplinado, aprendendo a puxar as cordas ocultas da simulação, lhe mostrava a Polaroid e dizia: olha, tem os nossos olhos, você notou? Amanhã vamos pedir para ele nos levar para passear de moto e nos ensinar a fazer aquelas piruetas e quando crescermos vamos ter nossas próprias motos e umas roupas muito legais, a minha fúcsia, que brilha no escuro, e a sua branca, como a do papai, branca com franjas douradas.

18

Combinou de se encontrar com o díler à noite na praça, em parte porque já estava sem erva e em parte porque precisava conversar com um amigo. Sentaram-se no lugar de sempre, num dos bancos diante da discreta estátua erguida no centro do parque, quase escondidos sob as árvores. O biólogo gostou do cheiro da maconha se misturando com o frescor noturno das plantas no ar. Relaxado, ensaiou um resumo de tudo o que vinha acontecendo com ele nos últimos dias. Desde aquela noite, quando fomos encher a cara no bar, disse, ali começou o descontrole. A história do irmão foi o que mais interessou ao díler, que fez diversas perguntas ao biólogo a respeito do caso e acabou concluindo que nunca chegariam a saber nada, que nem mesmo haveria como obter novas informações, mas que isso era normal. O normal, deixou escapar o díler, perpetuamente chapado, o normal nesta terra é que a gente não saiba nem por onde começar a contar as histórias, porque não existe história, é tudo invenção, sabe? Aconteceu a mesma coisa com o meu pai e com o meu avô. Mataram eles e a gente nunca soube nada e é melhor nem saber, porque pra quê, é só um resto de invenção de histórias, como uma história muito ruim e toda emaranhada feita de puros começos de histórias e no final pra quê, isso é puro cinema-arte, né?, como esses filmes em línguas estranhas que os manés da universidade veem... Bobagem pura, cara, uma viagem assim, toda gaguejante e toda artística e em preto e branco, daquelas que dá um sono filho da puta. E, de qualquer forma, eles que me devolvam minha grana, né. O biólogo disse que o jornalista do *El Liberal* pensava a mesma coisa. Ou seja, que bastava que uma história ficasse mais complicada para que no fim ninguém quisesse ouvi-la e muito menos repeti-la. E se ninguém repete uma história, ninguém mais se lembra dela. A história morre sem ter começado. Ou talvez não, talvez se transmita a confusão, o nó, de boca em boca. As histórias inacabadas também se espalham, disse o biólogo, também bem chapado, assim como as dívidas. O díler soltou vários anéis de fumaça seguidos. É foda, disse, qualquer um fica louco tentando desatar esses nós. Melhor deixar por isso mesmo, cara, o que eu recomendo é que você tome banho no escuro. Essa é a melhor maneira de organizar as ideias. Vai por mim. Com todas as luzes apagadas, o chuveiro primeiro bem quente, para relaxar, e depois frio, gelado. Então quente de novo e assim por diante. Juro que mais de uma vez nesses banhos me peguei inventando muitas coisas dentro da minha cabeça, como posso te dizer, me dou conta de que muitas coisas que pensei que eram reais no fim eram invenções minhas. Coisas que a minha cabeça arma sozinha sem pedir permissão. E ali, no chuveiro, com a escuridão e a aguinha envolvendo o couro, eu vejo bem claro: que porra, a gente vê bem claro e na hora: metade do que a gente vive só acontece dentro da nossa cabeça. E da outra metade, metade acontece na língua, na falação de merda, né? Apenas um quarto é real. Sério, amigo, eu recomendo essa terapia. Vai por mim. Experimenta um dia e vai ver que o que cê tá me contando ou pelo menos uma parte, tipo um terço, dois quartos, três oitavos, só tá acontecendo dentro de você ou na sua língua. Tenta, você vai ver.

Foram interrompidos pela vibração de um telefone. Era a diretora do colégio, que estava ligando para o biólogo para dizer que precisava falar com ele urgente, que a encontrasse em seu escritório na primeira hora da manhã. Acho que não vou mais ao colégio, respondeu o biólogo, vou me demitir. Melhor dizendo, me demito. O díler se virou abruptamente porque ouviu os gritos da diretora no telefone enquanto o biólogo aguentava o chilique. Não, não vou voltar para o colégio, disse, muito seguro, quando a senhora o deixou falar. Nem amanhã nem nunca, não quero saber nada do colégio. A diretora soltou um suspiro e repetiu que precisava encontrá--lo. É urgente, disse, temos que conversar de vários assuntos. O biólogo quis saber quais eram esses assuntos e se não era possível falar por telefone ou e-mail. Não, não podia, tinha que ser pessoalmente. No fim concordaram em se encontrar na tarde seguinte num dos edifícios da Arquidiocese. Por que nesse lugar?, perguntou o biólogo. Porque é melhor, disse a diretora, ninguém vai lá. Desligaram.

Que velha mais braba, disse o díler, até daqui dava pra ouvir os gritos. O biólogo riu, tossindo, os olhos cada vez mais inchados, embora a cabeça continuasse tecendo, tecendo, conectando pedaços de ideias, pedaços de imagens, pedaços de memórias, em busca da imagem total. Me diz uma coisa, disse o biólogo, antes que eu esqueça porque já tô muito doidão, esse baseado tá muito bom, aliás... mas, vamos lá, me diz uma coisa: você já ouviu falar do Cavaleiro da Fé?

O díler olhou para ele de lado, soprando a fumaça amarelada. O Cavaleiro da Fé?, disse, claro, como é que eu não vou saber se é a igreja que a minha mãe frequenta. Uma igreja? Sim, uma igreja das rígidas, dessas que têm até estacionamento de ovnis. Cê sabe, um desses negócios que os cristãos inventam pra encher os bolsos de grana. Falo pra minha mãe parar de ser tão burra, que eles só tão se aproveitando dela, porque esses babacas recolhem dízimo e tudo mais, mas não tem jeito de fazer ela raciocinar. Minha velha é muito devota. Reza o dia todo, viado, tá entregue até o pescoço.

19

No dia seguinte tomou café da manhã com a mãe, que havia se levantado cedo para aproveitar o dia, como disse ao sentar-se à mesa. Ao redor dos dois comensais, a senhora indígena, sempre silenciosa, fritava ovos, esquentava as arepas, coava o café e colocava tudo na mesa num repertório de gestos cultivados há séculos para que fossem impercetíveis aos olhos da patroa e de seu filho. Foi a mãe que quebrou o silêncio. Me disseram que você esteve na casa velha, comentou. Precisava de alguma coisa? O que você foi procurar? O biólogo não levantou a cabeça do prato e continuou mastigando enquanto respondia: fui porque quis, mãe, é minha casa. Aquela múmia seca que se faz de vigia te disse alguma coisa? A mãe sabia que o filho gostava de provocá-la com esses comentários e aprendera a ignorá-los.

Ontem no supermercado, a dona da casa continuou falando depois de outro momento de silêncio, encontrei aquela garota que era sua namorada. Desta vez o biólogo levantou a cabeça para olhar nos olhos da mãe. Quem?, perguntou. Aquela que foi sua namorada há mil anos, a que teve o problema na perna, a manquinha. Ah, sei, disse o biólogo, fingindo indiferença, embora soubesse que a mãe já o tinha na mão como um pião. Me contou que querem você nesse trabalho com o caruncho, disse. Você vai aceitar? O biólogo respondeu que estava pensando. Ainda não tenho certeza, mãe, temos que ver as condições. Além disso, não gosto muito de trabalhar pra produtores de óleo de palma. Não é preciso ser muito esperto, basta uma rápida olhadinha no Google pra saber como esse negócio cresceu com base em terras roubadas, desmatamento selvagem e mortes por todo o país. E, se por acaso você não sabe, a palma desertifica e prejudica a terra, como toda monocultura, deixa a terra inútil por décadas. É como uma praga, uma praga da qual saem pragas, ou seja, uma praga dentro de uma praga dentro de uma praga. E aí tem os insumos, o tratamento de resíduos, enfim, a palma não é muito amável com o meio ambiente. Como eu disse, estou pensando. O trabalho é interessante porque é um negócio com bioquímica e feromônios, mas ainda não decidi.

A mãe o ouviu sem dizer nada, mas olhava-o fixamente, o que obrigou o biólogo a baixar os olhos várias vezes.

Pobrezinha da sua amiga, disse a mãe, não a via desde que vocês brigaram. Continua muito bonita, tão simpática, tão elegante. É uma pena a perna, isso sim... Me contou que vocês andaram na fazenda da ex do seu irmão. Só faltava dizer encontro de ex-namorados. Que maravilha aquela fazenda, né? É um espetáculo.

O biólogo assentiu com uma série de mugidos intermitentes.

E o que você sabe da novela?, continuou a mãe, já mais solta. Que bárbaro, uma novela sobre os tempos das grandes fazendas. Que beleza. Contaram quando estreia? Não, o biólogo não sabia nada e agora encarava a mãe com os olhos selvagens, pretos, psicóticos, náufrago da história, e a mãe o encarava com olhos de mãe. Com olhos de mamífero e amor mamífero e ternura e pulsão de morte mamífera. E o biólogo sentiu culpa e medo e também nojo e também gratidão, amor e respeito porque sabia que sua mamífera havia dado tudo pelos filhos, sacrificando-se para criar sua prole de solteirões, bichas, preguiçosos e loucos.

20

Parou em frente ao portão do museu da Arquidiocese e, antes de entrar, olhou a rua para ver se encontrava a diretora, mas só viu uma fila de carros, o muro da igreja de Santo Domingo, branco e sujo como a folha de um caderno escolar, e as pessoas que rondavam a praça da Faculdade de Direito, os que entravam e saíam da cafeteria da esquina, os vendedores ambulantes que se esgueiravam por entre os carros. O biólogo achou aquilo normal e previsível, como todas as coisas repetidas com regularidade mecânica na natureza. Uma tarde ensolarada no centro histórico da cidade anã.

No saguão, sentada atrás de uma mesa, estava uma velhinha com cara de tartaruga marinha e uma camisa de manga curta que deixava à mostra seus braços muito enrugados. O biólogo não soube o que fazer. Aproximou-se da mesa e perguntou à idosa se ela tinha visto uma senhora assim, baixinha, na casa dos cinquenta, de cabelos pretos e olhos muito grandes. A tartaruga olhou para ele impassível e, com a lentidão típica da espécie, esticou o pescoço para se virar em direção ao portão de entrada, onde estava um guarda com o clássico uniforme marrom. Nenhum deles tinha visto uma senhora com aquelas características. Quase ninguém vem aqui, disse a velha. Nós nos lembraríamos.

O biólogo ligou para a diretora, mas não conseguiu falar com ela. Mandou uma mensagem no WhatsApp: já estou aqui. Alguns segundos depois chegou a resposta: me dê cinco minutos, me espere lá dentro.

Pagou a entrada, e a tartaruga, depois de avisar que não tinha mais folhetos, entregou-lhe um pequeno pedaço de papel vermelho que ele em seguida passou ao guarda do portão, num procedimento que o biólogo considerou estranho, dada a proximidade física entre as duas partes. Se ambos, a idosa e o guarda, tivessem estendido os braços, o resultado teria sido o mesmo. Uma transação na qual sou completamente dispensável, pensou.

O biólogo não entrava ali desde a visita escolar obrigatória que faziam no ensino médio, há vinte, vinte e cinco anos, calculou. Era um museu modesto mas muito digno, com peças de arte sacra de fato valiosas. No infográfico discreto, pensado para não produzir muito ruído sobre a arquitetura sóbria, explicava-se que a cidade anã funcionara primeiro como consumidora de peças artísticas fabricadas na Europa ou em Quito e, depois, durante um breve período de esplendor entre os séculos XVII e XVIII, como pequeno centro de produção de imagens, com suas próprias oficinas de pintura, entalhe e ourivesaria. As obras mais preciosas do acervo eram, sem dúvida, os ostensórios, aqueles espetaculares vasos cheios de ouro e pedras preciosas cuja função na liturgia o biólogo nunca havia compreendido bem. Diante das vitrines e da iluminação teatral, relembrou seu espanto infantil diante das missas solenes da Semana Santa. O que eram exatamente os ostensórios? Que tipo de fetiche mágico despertavam? Eram taças, cálices hipertrofiados que não podiam mais receber nenhum líquido? Ou seriam mais como lâmpadas que iluminavam o caminho para a Salvação? Ou talvez fossem espadas deformadas e atrofiadas devido ao excesso de ornamentos? Sem dúvida deviam ser objetos com poderes especiais, como antenas que recebiam sinais divinos e os decodificavam aos olhos dos paroquianos na linguagem universal da mercadoria. Acompanhando os cartazes, o biólogo observou que, tal como acontecia com as pinturas mais vistosas, a fabricação de ostensórios prosperara nos tempos da Contrarreforma, quando a Igreja Católica lançou sua grande operação de propaganda política, baseada na colonização dos sentidos através de obras de arte. Não se tratava mais de persuadir, mas de avassalar. A passagem da educação ao espetáculo, da evangelização ao fanatismo. Essas imagens haviam sido criadas para prender o olho e fazê-lo se perder na vibração, na ilusão do movimento, no deslocamento do espaço-tempo.

Impressionado com esses efeitos especiais, o biólogo parou diante de uma pintura cuja composição fugia dos cânones habituais no que diz respeito a mostrar uma cena virtuosa. A maior parte do quadro era ocupada por um padrão ornamental clássico com motivos vegetais, bagas, vinhas, grandes passifloras com pétalas carnudas, e no centro, enquadrada num buraco de fechadura, pequena em comparação a todo o espaço que a rodeava, aparecia a imagem do martírio de Santa Bárbara: a mulher de joelhos, seu carrasco com a espada erguida, prestes a decapitá-la, e, ao fundo, raios vermelhos caindo sobre uma torre abobadada. Era como se o espectador observasse a cena escondido, espiando o interior de um baú pela fechadura. Ou talvez o contrário, isto é, o pintor estava sugerindo que o espectador estivesse dentro do baú e pudesse presenciar o crime dali. Um curioso comentário acerca da noção de perspectiva: o espectador cativo dentro de uma caixa, dentro de uma câmara escura: uma câmara escura — o crânio — dentro de uma câmara escura — o baú —, o ângulo restrito do olhar, mas restrito por quem? Quem ditava aquela norma arbitrária que reduzia o campo de visão?

O biólogo nunca tinha visto uma pintura religiosa que utilizasse esse recurso. Conferiu a ficha técnica: *El martirio de Santa Bárbara*. Anônimo. Século XVII. Óleo sobre tela. Frente do Altar.

Ia pesquisar no Google em seu telefone o martirológio de Santa Bárbara, mas viu que tinha uma mensagem de WhatsApp da diretora, enviada um minuto antes. Já chego, dizia, me espere no pátio. Obediente, desceu ao primeiro andar e começou a andar de um lado para o outro, com o olhar fixo nas pedras do chão. Ficou assim por vários minutos, verificando o telefone de vez em quando, colocando-o de volta no bolso, tirando-o outra vez para ver as horas. E a diretora não chegava. Ele mandou outra mensagem: estou no pátio. Poucos minutos depois recebeu a confirmação de que o destinatário havia recebido e lido sua mensagem.

Voltou às salas para mergulhar nos objetos religiosos, que de repente lhe pareceram tão divertidos quanto se estivesse olhando amostras de animais ou plantas. Ficou impressionado com algumas esculturas de anjinhos e as achou muito obscenas. Pornografia infantil, pensou, soltando uma risada que se ouviu por toda a sala. O outro visitante do museu, um homem que parecia funcionário de escritório aposentado e preguiçoso, mal barbeado e mal vestido, virou-se para olhá-lo com um gesto de reprovação. O biólogo, envergonhado, ergueu a mão em sinal de desculpas. Saiu para o pátio para ligar para a diretora. Ligou duas, três, quatro vezes e nada. Então lhe enviou uma nova mensagem: você vem? Ainda estou aqui esperando. Também não houve resposta desta vez. Apenas os dois tracinhos azuis que indicavam recebido.

Continuou andando pelo museu, revendo o que já tinha visto, embora desta vez tenha prestado mais atenção aos detalhes de algumas pinturas. Pequenas cenas de tortura, meteoros, milagres ao fundo ou em um canto das imagens principais, como comentários ou notas de rodapé: um homenzinho de bruços e de pernas abertas que uma dupla de serradores divide em dois pela virilha, uma beata voadora, uma simulação de natureza-morta sobre a mesa de uma última ceia e animais muito pequeninos espalhados pelos quadros, cordeirinhos, porcos, macacos, pássaros e uma borboleta quase invisível no manto de uma virgem. A palavra lhe veio como algo automático: imago, por que chamamos os espécimes adultos de um inseto de imago? Quem teve a ideia de usar essa palavra? Será que foi Lineu, que sempre deixava comentários religiosos ou moralizantes em tudo que batizava? Imago, as máscaras funerárias dos senadores feitas de cera que eram levadas ao fórum romano. Ou talvez, como se, ao superar todas as fases da metamorfose, o inseto se livrasse de todas as suas máscaras para mostrar sua verdadeira imagem, seu autêntico rosto, a representação definitiva de sua espécie. A máscara final.

Nesse momento o guarda entrou na sala para avisar que o museu estava prestes a fechar, que era hora de ir embora. O biólogo o seguiu até a saída e, ao atravessarem o pátio de paralelepípedos, voltou a verificar o telefone, apenas para confirmar que não havia notícias da diretora. Do portão, sob o escrutínio insidioso da tartaruga e do guarda, o biólogo enviou uma última mensagem à diretora: não posso mais esperar você, nem dentro nem fora. Estou indo embora. Se quiser me falar alguma coisa, diga aqui ou por e-mail. Repito: estou me demitindo do colégio. Meus cumprimentos às meninas.

Só então o biólogo se deu conta de que estava outra vez desempregado, com uma mão na frente e outra atrás, sem qualquer perspectiva. E, francamente, tinha sérias dúvidas sobre a oferta que sua antiga namorada lhe fizera. Dúvidas éticas, dúvidas técnicas, suspeitas da forma desconcertante como aquela reunião tinha acontecido. É paranoia, eu sei, pensou, mas minhas dúvidas são razoáveis. São baseadas em fatos, em dados concretos. Por que quero acabar com a praga do caruncho se a palma africana é outra praga, sem dúvida pior? É verdade que, investigando as modificações da chamada bioquímica dessa espécie, poderíamos aprender muito a respeito das interações e dos comportamentos animais em monoculturas, e as aplicações de um estudo sério sobre feromônios podiam ser quase infinitas, mas isso não diminui os danos que a palma causa ao meio ambiente. A palma desertifica a terra e a torna estéril no longo prazo, isso é um fato confirmado. Ponto. Não quero colaborar com uma coisa dessas, pensou, enquanto a tarde caía, afastando-se das ruas mais movimentadas. Apesar de tudo, ele se sentia relativamente otimista. Algo sairia na universidade, tinha certeza, paciência. A lenta luz do entardecer coloria todas as fachadas de tons diferentes, do laranja ao vermelho, e, ao lado dos antigos casarões e igrejas, as casinhas menores pareciam baixar os telhados, submissas, como se estivessem se deixando mimar pelo sol. Num acesso de nostalgia, entrou numa mercearia onde vendiam lanchinhos típicos e, depois de olhar atentamente as vitrines, decidiu-se por um bolinho amanteigado, que no final estava esfarelento e sem gosto. Devia ser do dia anterior e não havia sido feito com mandioca, e sim com farinha de trigo, erro imperdoável, então acabou jogando numa lata de lixo depois de provar apenas um pouquinho. Isso aí não é bolinho amanteigado, é um donut, disse a si mesmo, para justificar o desperdício e também para rir de si por sua atitude de velho rabugento, defensor das tradições culinárias.

Vagando pelas ruas, acabou em um bairro próximo às colinas baixas que cercavam a parte leste da cidade anã. Quase ninguém transitava por ali e o silêncio aumentava a sensação de solidão. Alguns quarteirões depois, o andarilho chegou à entrada da cidadezinha. A cidadezinha era uma espécie de pequeno parque temático onde os edifícios mais emblemáticos da cidade haviam sido reproduzidos em versão miniatura. Miniatura de uma miniatura, a cidade anã celebrando-se por meio de minúsculas réplicas erguidas a poucos quarteirões dos originais. Um prefeito maluco tivera essa ideia há vinte anos, e outros muitos cidadãos notáveis, amantes da beleza e do encanto da cidade anã, deram seu apoio a essa empreitada extravagante. Apesar da solenidade com que seus promotores quiseram homenagear o benemérito reduto vice-real, o biólogo achava a cidadezinha um tanto sentimental, meio fofa. Não era muito cômico e até misterioso que um desejo tão grandioso, uma aspiração tão séria, tivesse acabado por se resolver em formato de miniatura? Por acaso se comemoravam as grandes batalhas gravando-as num grão de arroz?

O biólogo percorria as ruas falsas, deleitando-se com os risos jocosos que as pequenas cópias lhe provocavam, e pensava no que havia conversado há algum tempo com o amigo de infância, a respeito do senso de humor provinciano como uma doutrina determinista, como uma condenação, a piadinha, a anedota, o aforismo, a ideia repentina que se expressa num lampejo de inventividade, o talento sintético para colocar apelidos.

Saiu da miniatura pela cópia de uma ponte famosa e voltou às ruas silenciosas, reconfortado, quase feliz, depois de um passeio tão rico, convencido de que logo tudo melhoraria porque a vida era assim, normal, com altos e baixos. Distraído por aquele arrebatamento de otimismo, não viu chegar o sujeito que tocou em suas costas. Também não entendeu se deveria virar porque então já havia outro que viera pela frente apontando uma arma em sua direção. Uma camionete 4×4 com vidros escuros parou de repente junto aos três homens. A porta traseira se abriu e o biólogo não teve tempo de reagir. Os homens o enfiaram no veículo quase sem esforço, numa sucessão de movimentos impecáveis, cirúrgicos, repetidos centenas, milhares de vezes.

Já lá dentro, ao ver que todos estavam com o rosto descoberto, o biólogo entendeu que a coisa era irreversível e que iam matá-lo.

Restava saber quando e como. E, se tivesse sorte e oportunidade, talvez até conseguisse descobrir por quê.

Num último gesto inútil de desespero, tentou olhar pelas janelas, para ver se acontecia algum milagre na rua, um engarrafamento providencial, um acidente, mas um dos rapazes cobriu sua cabeça com uma sacola de supermercado, outro pegou o celular do bolso de sua calça, e outro amarrou suas mãos com fita adesiva.

21

Quando tiraram a sacola de sua cabeça e liberaram suas mãos, já era noite. No cômodo onde o trancaram, havia apenas uma montanha de pacotes de ração para cachorro e uma prateleira com grandes frascos de vidro cheios de um líquido transparente. O biólogo se esforçou para deduzir, tentou analisar, separar, mas todas as explicações pareciam insuficientes, banais. Minha paranoia estava justificada, perfeito, mas deve haver um grande mal-entendido aqui. Era nisso que ele pensava para se acalmar e não perder a esperança que lhe restava. Eles não têm nenhum motivo para me matar.

Na parte superior de uma das paredes, descobriu uma janelinha, quase um buraco, talvez alta demais. O biólogo subiu nos pacotes de ração para cachorro, deu vários pulos seguidos e só conseguiu ver o céu estrelado e as copas de alguns pinheiros distantes.

Dois caras armados entraram no cômodo, outra vez com o rosto descoberto. O estômago do biólogo queimou, ele sentiu o ácido na garganta, quase vomitou.

Foi conduzido por um galpão escuro, onde viu mais prateleiras com os mesmos frascos de vidro e o mesmo líquido transparente, mas nesses parecia haver coisas flutuando dentro, coisas que, com tão pouca luz, eram impossíveis de distinguir. O biólogo pensou ter visto algo se mover naqueles frascos. Eram coisas vivas ou mortas? Veio à mente o que o díler dissera das suas descobertas nas viagens no chuveiro, aquilo de que quase tudo acontece dentro da cabeça e na língua: uma desculpa para esquecer o corpo, pensou, para tirá-lo da equação por alguns minutos, mas na verdade o corpo é o corpo. Tudo que acontece é corpo. Não existe fora do corpo. Ou melhor, o fora ocorre dentro do corpo. Somos organismos vivos como todos os outros. Agora vou morrer. Vão me tirar a única coisa que eu tenho. Não tenho mais nada. E meus mecanismos de defesa são pouquíssimos. Suor nervoso, mau cheiro, a bioquímica do medo.

Ao longe os cães latiam e respirava-se uma quietude fria de pasto amplo e noite clara. Não vou pedir uma morte rápida. Não vou pedir nada. Não vou abrir a boca. Não vou dar chance de improvisarem. Que façam comigo o que planejaram e pronto.

No fim do galpão, pararam diante de uma porta de madeira. Um dos homens entrou. Depois de uns murmúrios, o levaram a um cômodo quase idêntico ao dos pacotes de ração para cachorro, só que este tinha, além das prateleiras com os frascos vazios, uma mesa cheia de papéis velhos e arquivos de papelão, além de um par de cadeiras de madeira com encosto forrado de couro de vaca. Numa dessas cadeiras estava sentado o velho com cara de aposentado, o mesmo que vira rondando o museu de arte sacra, sorrindo com uma boca de lábios grossos, estranhamente femininos, e o biólogo, atento ao doce brilho que seus olhos emitiam, pensou em duas janelinhas através das quais se pudesse ver um canavial em chamas e tremeu de medo. Precisou desviar o olhar.

Sente-se aqui, camarada, disse o velho, em tom de brincadeira, como se falasse com um compadre ou um convidado especial. O biólogo, sem se atrever a olhá-lo nos olhos de novo, permanecia calado, furioso, suando a gordura do pânico, prestes a chorar ou rir com uma careta arcaica e ambivalente de símio. Conte o que o traz aqui, disse o velho. E o biólogo, desnorteado, não teve escolha senão encarar mais uma vez o brilho duplo e a boca grossa de mulher injetada de hormônios, que desta vez se abriu para revelar dentes de cores diferentes, uns mais amarelos, outros quase roxos, outros brancos. Não tenho a noite toda, amigo, diga o que o traz aqui, repetiu o velho. O corpo do biólogo tremia como tremem os das vacas a caminho do matadouro, uma soma de automatismos nervosos, um corpo totalmente sacrificial.

Bem, já que você não diz o que o traz aqui, continuou o velho, eu vou lhe contar certas coisas. Porque eu gosto de histórias, como todo mundo, não é? Mas antes pegue um desses, disse, apontando para os frascos grandes com o líquido transparente. O biólogo demorou a obedecer mas enfim se levantou, foi até a estante, pegou um e sentou-se de novo com o frasco nas pernas. Isso, segure firme, não vá quebrar, disse o homem, passando a língua nos lábios carnudos. Segure firme porque esse é o *seu* frasco. Seu e de mais ninguém, entendeu? Esse é o *seu* frasco.

O biólogo pela primeira vez se atreveu a abrir a boca: Você é o Cavaleiro da Fé?, perguntou, esforçando-se para evitar que a voz saísse trêmula e aguda demais.

O velho franziu os olhos e as chamas do canavial se acenderam por um segundo. Eu?, disse, lisonjeado. Quem me dera, homem, quem me dera. Não, meu amigo, sou apenas um trabalhador, um técnico. Mas, se quiser me subir de categoria, digamos que sou o cavaleiro do formol. E nisso soltou uma gargalhada larga, deixando o biólogo ver a garganta e o palato muito vermelhos.

Pois bem, mas agora perdeu a oportunidade de falar, disse o velho. Agora é a minha vez de falar. Agora fique quieto. De agora em diante, você não tem língua. De agora em diante você é mais mudo que seu frasco. De agora em diante, não há como voltar atrás. E pensar em tudo que teríamos economizado se você tivesse respondido quando eu perguntei. O que custava me contar... Enfim, agora escute que vou contar a história de trás para a frente. E segure bem seu frasco, não o solte. Cuide disso como se fosse sua vida. Não esqueça. Segure firme porque vai saber no final o que vamos colocar no seu frasco, não é? Algo muito precioso, por exemplo, algo sem o qual não poderia viver. Então a primeira coisa a fazer é esclarecer a sua história: você morava no exterior e precisou voltar, não é mesmo? O biólogo assentiu com a cabeça. E, como não conseguia trabalho, como quebrou a cara, como todo mundo que volta para a Colômbia quebra a cara, foi trabalhar num colégio, certo?

O biólogo havia se tornado uma maquininha de fazer sim com a cabeça e já não conseguia parar.

Complicado, continuou o velho, um trabalho indigno para uma pessoa com a sua experiência, com os seus diplomas. Porque você é um técnico, assim como eu, um grande técnico. Um homem como você não tinha motivo para ir trabalhar naquele buraco, não, senhor, por favor. Mas vamos por partes, vamos por partes, temos que botar ordem nisso. Você, você é um técnico. Alguém que resolve problemas. Então digamos que somos colegas e ambos gostamos de pôr as coisas no formol, então você, você e eu somos colegas, fazemos quase a mesma coisa, ambos temos que fazer perguntas. Isso é normal no seu trabalho e no meu também. Nós dois perguntamos. Mas não perguntamos por perguntar, não, fazemos as perguntas adequadas, as perguntas certas. Você abre o livro da natureza, não para falar com Deus, não, senhor, você abre para consultar algo muito preciso. E eu também, igual a você, mas diferente, estamos nos entendendo? Eu abro os livros e encontro o que procuro. Ponto. E fecho o livro de novo.

O velho fez uma pausa, levantou-se da cadeira e foi procurar uma pasta marrom de onde tirou alguns papéis recém-impressos. O biólogo conseguiu vislumbrar um texto denso, ilegível, sem espaços entre as palavras, grudadas umas às outras na mesma cola e ainda por cima escritas em uma fonte ridícula e infantil, Comic Sans, talvez.

Vejamos, disse o velho, examinando os papéis em sua cadeira, já temos o frasco e já temos o senhor técnico. Pronto. Isso está pronto. Falta a história. É uma história para crianças pequenas. Escute, amigo, é uma das boas: é a história do facão. Já contei essa história não sei quantas vezes. É uma história que gosto muito de contar, uma história muito gostosa, com muito sabor. Uma história das antigas, das que os nossos avós contavam no campo, estamos nos entendendo? O importante é isso, que a gente se entenda e que você não solte seu frasco. Não o quebre, porque senão... isso sim seria um problema, ou melhor, não quebre.

Ou seja, não o solte. Esse frasco é seu, finja que esse frasco é você mesmo. Aqui o importante é que sem o frasco a história não é a mesma, era uma vez um homem, um velho camponês, deixe que eu explico, um velhinho que vivia com sua neta, depois de uma guerra muito longa da qual não sobrou ninguém da família além desse velho e da neta, ou seja, um vovô e sua neta, sozinhos no mundo depois de uma guerra. E, escute, é tanto azar que o avô vai e fica doente, pega uma peste do caramba e aí os dois, neta e avô, saem correndo para ver o curandeiro da aldeia, que morava lá longe, numa montanha, afastado de todos, porque é assim que vivem os curandeiros. E esse curandeiro também havia trabalhado como carrasco na guerra. Teve que executar muitas pessoas. E, de tanto sacrificar, aprendera a curar. Esse senhor sabia como curar os enfermos. Por isso ele era o curandeiro e por isso o velhinho e a neta foram vê-lo, subindo correndo pela noite aquela montanha alta onde morava o curandeiro e batendo na porta dele, desesperados, claro, porque a netinha era muito pequena ainda, uma menina, e, se o velho morresse, ela ficaria sozinha. Sozinha sozinha. E o curandeiro se levanta da cama, acende uma vela e vai abrir a porta. E assim que viu o rosto do avô, o curandeiro entendeu o que estava acontecendo e os fez entrar, ofereceu a eles um copo de *aguapanela* quente, porque estava frio, e disse: boa noite, o que os traz aqui, digam, vizinhos. E eles disseram, disseram a ele: olhe, disse a netinha, meu avô está muito doente, ele vai morrer, salve-o porque não quero ficar órfã. E o curandeiro foi e pegou umas ervas que estavam amontoadas em uma cesta, preparou uns remédios e deu de beber ao vovô, que imediatamente voltou a ficar corado. O curandeiro lhe disse: tome isto tantas vezes por semana e faça estes banhos assim e assado e, enquanto ele explicava como era todo o tratamento, ouviu-se um barulho. Parecia uma música. Uma voz que não era de homem nem de mulher, uma vibração muito rica que lembrava metal friccionado. E os três, avô, neta e curandeiro, viraram para olhar para uma das paredes, de onde vinha aquele canto tão bonito, e o estranho é que ali só havia um facão muito grande e enferrujado. O curandeiro ficou nervoso, as mãos suavam. Me perdoem, disse a eles, esse facão era minha ferramenta de trabalho. Com este facão executei sabe-se lá quantas pessoas nesta cidade. Vocês sabem. Eu precisei. Era o que eu precisava fazer. E, embora eu o deixe pendurado ali, quase inútil porque não o uso mais a não ser para capinar e arrancar o mato, de vez em quando o facão acorda e começa a cantar, principalmente na frente de alguém apetitoso. Mas não se preocupem. A única coisa a fazer é dar a ele uma gotinha de sangue da pessoa que o fez cantar, ou seja, uma gotinha de sangue dessa linda menina. O vovô, grato pelos remédios que o curandeiro lhe dera, aceitou. A menina ficou com medo, mas, como era muito obediente, deixou que fizessem tudo. O curandeiro pegou o facão cantante e, com o fio afiado, fez um corte bem pequeno no braço da menina, que chorou suas lagriminhas, claro, mas só um pouquinho, porque não era grande coisa. Apenas uma feridinha. E o facão, assim que sentiu as gotas de sangue que o banhavam, parou de cantar. Ficou quieto. E o curandeiro o pendurou na parede outra vez. Estamos nos entendendo? A menina parou de chorar, o avô ficou curado, todos ficaram contentes e viveram felizes para sempre. Estamos nos entendendo? Vamos ver, vamos organizar isso aqui, vamos por partes. Você é a menina, certo? Ou você é o facão? Ou melhor, vamos esclarecer. Você não tem emprego. Você é um morto de fome. Um pobre filho da puta. Não é mesmo? Um desgraçado sem emprego ou benefícios que tá se cagando de medo. Isso, isso, estamos nos entendendo. Então, pelo que entendi, lhe ofereceram outro emprego. Um emprego novo, um emprego decente, digno do técnico que você é. Estou errado?

O biólogo estava paralisado de terror, completamente rígido na cadeira. Não conseguia mais se mover ou dizer nada.

Bom, continuou o velho, me diga uma coisa: se você chegou e quebrou a cara e teve que comer merda num trabalho de merda, se está indo tão mal, por que não aceita o trabalho que lhe ofereceram? É um trabalho perfeito para você. Não vejo onde está o problema aqui. Talvez você não esteja se fazendo as perguntas certas, pode ser que esteja abrindo o livro da natureza para sabe-se lá que bobagem, pode ser que esteja abusando do livro da natureza. Talvez você queira saber. Talvez você seja um pretensioso, desses que querem sabedoria. Um sábio. Estamos nos entendendo, certo? O que você é? Vou perguntar apenas uma vez. O que você é, amigo, um técnico ou um sábio?

O biólogo não hesitou: técnico, apressou-se em declarar com um fiozinho de voz, antes de voltar à rigidez.

Então qual é o problema aqui, disse o velho, qual é o problema, não há problema nenhum aqui. Veja, vamos fazer um negócio: esse frasco, que é seu e só seu, vai ficar aqui, vazio, por enquanto não vamos colocar nada dentro. Estamos nos entendendo?

O biólogo balançou a cabeça o melhor que pôde para dizer que sim, que eles estavam se entendendo muito bem.

Mas é melhor guardar o frasco, eu cuido disso. E você vai começar a trabalhar bem direitinho. Deixe o frasco ali em cima da mesa para mim.

Enquanto obedecia às ordens do velho, o biólogo pensou por um segundo que estava a salvo, que o suplício havia acabado. O velho, porém, permaneceu olhando para ele sem dizer uma palavra e um silêncio gélido e vasto se acumulou sobre os dois corpos como uma nuvem gigantesca que se forma em torno de uma minúscula partícula de pó.

Deixe eu lhe contar uma história, disse o velho, e o biólogo deu um longo suspiro, de pé, com a mão apoiada no encosto da cadeira. Você já ouviu a história do facão? Sente-se, homem, sente-se, disse o cavaleiro do formol. O frasco não vai mais quebrar. Você já ouviu a história do facão? Você tem sorte, amigo, tem muita sorte. A sua história é a do facão. Veja, vou lhe contar. Há um velho facão na parede. O facão sente a presença de uma menina linda e canta. O carrasco ouve o canto do facão e pede desculpas aos convidados: a linda menina e seu avô doente, que vem se consultar com o carrasco, que também é o médico. Desculpem, amigos, desculpem, diz o carrasco, é que esse facão não é usado há muito tempo para a sua função, vocês sabem. E de vez em quando ele fica meio louco e começa a cantar. Mas não se preocupem. Só precisamos de uma gotinha do sangue da menina. Então o carrasco tira o facão da parede e com a ponta faz um corte mínimo no braço da menina. A gota de sangue cai sobre a lâmina sedenta e o facão fica mudo. Para de cantar. E agora, com aquele silêncio novo e reluzente, o silêncio da paz, a menina pensa: que pena não ouvir mais aquele canto, o facão cantava muito bem. Que som agradável. Um som antigo. Uma música metálica que atravessa o corpo como o riacho atravessa a floresta e os cafezais. Isso é o que a menina pensa e não se atreve a dizer em voz alta. Estamos nos entendendo?, pergunta o velho.

O biólogo havia testemunhado incrédulo a repetição da história do facão. Agora estava sorrindo, definitivamente atordoado, estúpido.

Você não tem língua, então não pode opinar, continuou o velho. Mas se quiser pode opinar. Me diga o que acha. Sua opinião é muito importante para nós, professor.

A boca do biólogo se abriu, mecânica, oval, e o ar com cheiro de suor animal entrou numa lufada quente em sua garganta. Quando o ar voltou a sair, requentado dentro do corpo do biólogo, trouxe de volta ao mundo palavras vazias, cascas de inteligência artificial: a linda menina queria ouvir o canto de novo, ouviu-se o biólogo dizer, tinha ficado encantada com o canto do facão. Um canto que encanta.

Correto!, gritou o velho. E o que mais?

Era uma música arcaica, ouviu-se o biólogo dizer, uma música de metais fundidos na fornalha do pecado.

Isso mesmo! Sim, senhor!

E eu sou a gota de sangue.

Sim, professor, você é a gota de sangue!

E eu sou o silêncio que fica depois da música!

O velho sorria e lambia seus lábios de mulher e mostrava os dentes de cores diferentes. Agora me conte a história, ordenou.

Era uma vez um avô, disse o biólogo.

Certo.

E uma menina que o encantava com seu canto.

Correto.

E um facão que se perdera na floresta à procura de seu dono, o carrasco.

Isso mesmo, professor.

E uma gota de sangue pulsava solitária nas têmporas do canto.

Estamos nos entendendo?

Estamos nos entendendo.

22

Devolveram-lhe o telefone e o soltaram no fim de um pasto cheio de vacas adormecidas, bem na beira de um bosque de pinheiros. Os caras lhe explicaram que ele tinha que passar por aquelas árvores, descer uma montanha, seguindo um pequeno caminho, e que depois de uma hora acabaria encontrando a estrada principal. Então, sem se despedir, viraram para voltar ao galpão e o biólogo ficou sem saber o que fazer por alguns segundos, à luz da lua cheia. Já?, pensou, um pouco desapontado. É isso? Não vão me matar?

Eufórico, incapaz de controlar o tremor do corpo, cada vez mais confuso, com a cabeça cheia de imagens e dados, pulou uma cerca de arame farpado e entrou no bosque de pinheiros. Um bosque morto, pensou o biólogo, daqueles que drenam a terra porque sugam toda a água. Outra monocultura. Nada pode prosperar aqui. Naquele momento, numa contradição, ouviu uma série de ruídos no chão. Ruídos de coisas rastejando, um rumor coletivo.

Acendeu a lanterna do celular e viu que havia muitas galinhas por todos os lados, centenas e centenas de galinhas insones, procurando comida entre as agulhas secas dos pinheiros.

A imagem o deixou tão apavorado que, mesmo correndo o risco de tropeçar em alguma coisa, preferiu desligar a luz da lanterna e caminhar o mais rápido possível.

23

Nessa mesma semana ele aceitou trabalhar no projeto do caruncho com sua antiga namorada.

A vida do biólogo mudou drasticamente em pouquíssimo tempo. Começou a ganhar um salário alto, concentrou-se, como especialista que era, no estudo das alterações bioquímicas dos chamados sexuais daquele único inseto. Visitou as plantações para analisar in loco os comportamentos, as interações entre as espécies e o impacto ambiental da praga.

Também deixou a mãe para se mudar à casa velha do centro. Sentiu pena do velho cara de cu que tomava conta dela e decidiu não expulsá-lo, nem ele nem seu filho cadavérico. Havia espaço de sobra para os três.

Adotou um cachorro de rua e uma gata prenha que deu à luz seis gatinhos, dos quais apenas dois sobreviveram.

O biólogo via aliviado suas questões enfim começarem a se organizar, cada coisa se pondo em seu lugar sem muito esforço.

Às vezes a vida melhora quando você só para de pensar tanto em tudo e se dedica ao trabalho. Umas poucas decisões são suficientes para acomodar o conjunto. Melhor não se meter em encrencas. O trabalho dignifica. Abre a mente. Sou um técnico, alguém que abre o livro da natureza para resolver problemas pontuais. Meu trabalho, além disso, também ajudou a controlar a praga do caruncho, que já havia afetado outras culturas virtuosas, como a pupunheira. A pupunha é deliciosa. E pensar que estava acabando e que as poucas que restavam no mercado eram vendidas pelo olho da cara. Agora estão sendo recuperadas. O que eu faço tem uma utilidade. Não devemos abusar do livro da natureza.

24

Todas as manhãs de domingo ia visitar o tio maluco no hospital psiquiátrico. Conseguiam se comunicar a duras penas, mas o biólogo achava que era seu dever estar ali. Às vezes viam televisão, às vezes liam um livro ou até desenhavam plantas que colhiam nos jardins: cardos, hortelãs, flores de limoeiros.

Apesar da doença, o tio desenhava muito melhor que ele, tanto que o biólogo tinha alguns daqueles desenhos pendurados na sala de seu laboratório e a ex-namorada não perdia a oportunidade de elogiá-los.

O paciente não apresentava sinais de melhora, mas também não piorava. Reage bem à medicação, disse o psiquiatra responsável pelo caso, precisamos esperar.

Numa daquelas manhãs de domingo, viram na TV um programa em que um pastor evangélico subia ao palco com um bebê que tinha o rosto peludo. Esta criança, disse, é um milagre. O milagre da vida e o milagre da vontade do Senhor. Amém. Deus misericordioso, tem piedade de nós. Tu que vives em mim e na minha palavra. Abençoa esta criança, que é Nosso Filho e também parte da tua Grande Obra, na qual todos temos um papel, uma função, uma missão divina.

Naquela noite, o biólogo sonhou que algo peludo flutuava dentro do frasco, de seu frasco de formol. Precisava iluminar com a lanterna do celular para descobrir que havia uma garra de urso dentro do líquido transparente.

Quando acordou, na manhã de segunda-feira, já tinha esquecido o sonho.

25

O díler tomava banho no escuro, totalmente no escuro, em silêncio absoluto e de olhos abertos, tentando sintonizar suas visões de fosfenos e estrelinhas: ajustava a respiração, deixava a retina se acostumar e esperava. Naquela noite, porém, não conseguia ver nada. Apenas camadas e mais camadas de preto e véus azuis-escuros que reverberavam nas quatro paredes da caixa cinza de cimento em que se banhava; a escuridão ia se fechando sobre si mesma e o díler, sem os humildes flashes e bonequinhos marinhos iridescentes, acreditava ver algo como gigantescas pétalas pretas e úmidas de uma flor adormecida, as flores do pátio das quais a mãe e a irmã cuidam religiosamente, que se dobram à noite para se proteger e dão vontade de passar os dedos pela borda daquele amontoado de lábios frescos. E essas gigantescas pétalas azuis, quase pretas, cercavam o corpo lamacento do díler, que de repente se via envolto em um casulo. Estou pronto, pensou o díler, estou pronto, drogadinhos, venham, eu cuido de vocês aqui, bando de vermes. Embora a verdade é que não sabia para o que estava preparado, muito menos por que aquelas palavras lhe vieram à cabeça ou quem eram aqueles inimigos imaginários.

Desligou a água e, sem acender a luz em nenhum momento, enxugou-se com uma toalha áspera recém-lavada, cheirando a sabão azul, e saiu do chuveiro.

Depois de se vestir e de passar um pente nos cabelos emaranhados diante de um espelho gasto e esverdeado, o díler enrolou um baseado finíssimo e subiu na chapa de alvenaria que coroava os dois contrapisos da casa. Dali de cima tinha um bom panorama do bairro, um imenso aglomerado de telhados de zinco e fibrocimento, e pequenas hortas onde as pessoas plantavam bananeiras, mangueiras e mamoeiros.

O díler pensou no amigo, o biólogo, que não via há semanas. O que poderia ter acontecido com ele? Será que está comprando de outra pessoa? Vou averiguar. E se for isso, se esse viado estiver me passando pra trás, acabou a amizade. Melhor dizendo, se a gente se encontrar, não dou nem oi. Quem esse babaca acha que é? Ou será que está tentando parar de fumar maconha? Eu deveria parar de fumar tanto. Vivo lesado... Minha mãe e minha irmã me dizem pra orar, pra entregar minha alma a Jesus Cristo, mas prefiro mil vezes fazer esse negócio com o diabo. Do diabo a gente sabe o que esperar. Dando as últimas tragadas no baseado, o díler riu e tossiu ao mesmo tempo. Vender minha alma ao diabo e com a grana ir conhecer o mar. Isso é o que eu devia fazer. Nadar à noite no mar. Baita visão.

26

Na véspera da Semana Santa, o ar da cidade anã reaqueceu de repente e os ipês do parque começaram a florescer antes do tempo, estimulados pelo sopro abafado mais típico dos meses de verão. O ar se estofava, lento e musculoso, como um pão muito fermentado, e no bilhar alguém havia se levantado muito cedo para tacar umas carambolas solitárias no meio da sujeira, das pontas de cigarro e do cheiro de cerveja da noite anterior. Da rua ouvia-se o som das bolas colidindo umas nas outras e as vozes matinais de um rádio de pilha. O homenzinho que vendia gelatina de pata de vaca na esquina da torre do relógio percebeu que o vulcão estava aberto, livre das nuvens que o mantinham quase sempre escondido, e teve a gentileza de compartilhar a visão com um de seus clientes. No cume havia manchas de neve suja, observaram. Outro cliente viu um disco voador descer na cratera. As frutas no mercado queriam apodrecer rápido e ser jogadas na lixeira, onde seriam comidas por porcos e cavalos. A água do rio hesitava, arrependida, e às vezes girava para tentar voltar sabe-se lá para onde. As sementes de algumas árvores caíam no chão com um barulho ameaçador, tac-troc-tac-troc, e deixavam marcas em alguns carros estacionados à sua sombra. Sentia-se cheiro de verão prematuro e de repente alguém tremia de um frio inexplicável que soprava das profundezas de um inferno gelado até então desconhecido pela ciência. Os novos blocos de apartamentos descartáveis abriam suas janelas para todas essas forças antigas e modernas: eram moinhos de vento sem pás, moinhos com cem olhos cegos, e torres de vigilância retangulares e semivazias, pouco habitáveis, dentro de cujas mãos escuras já preparavam a massa das primeiras arepas da Criação. Um cogumelo fotossensível na parede da cozinha insistia em relembrar a antiga alquimia da fotografia. As novas paisagens nasciam e morriam cedo em torno das retroescavadeiras. O clima era delicioso, catastrófico e perfeito, e, sob a pressão do novo regime narrativo que exigia que se contasse apenas o começo de todas as histórias, as aranhas haviam se esquecido de como tecer as teias. A casca das árvores produzia venenos açucarados que atraíam uma vespa amarela vinda no ano passado do noroeste do Brasil.

O biólogo entrou no quarto do irmão e começou a selecionar as camisas, as calças e os sapatos. Na frente do espelho, experimentou todas essas roupas. Separou o que ficava bem do que não ficava. A antiga namorada lhe dissera que ele não podia mais continuar se vestindo como um estudante pobre, e o biólogo, apenas para evitar esse tipo de comentário em seu novo ambiente de trabalho, achou que podia resolver temporariamente o problema se usasse as roupas formais do irmão. O hábito de fato faz o monge, pensou. Além disso, é um desperdício ter todas essas roupas aqui, engordando as traças.

A cidade anã transbordava seu nanismo por todo o vale, bem acima das placas tectônicas em cujas cavidades ficavam os covis desabitados do cristianismo, onde restavam apenas flores de carne fóssil e uma coleção de cabeças de mosca. Estátuas amnésicas moviam-se por toda a parte, imitando as técnicas de locomoção das plantas parasitas. O biólogo se alegrou ao descobrir que as calças só precisavam de bainhas novas. Sua antiga namorada não poderia reclamar mais. Um homem perdido encontrou um rastro de penas no bosque de pinheiros. Aos poucos, pensou o biólogo, esta casa voltará a ser casa e deixará de ser o museu da família. Vou habitar minha própria casa.

Volte para casa. Volte ao amor mamífero. Volte ao amor original. Ao pecado original. Proativo empreendedor da Contrarreforma, mantenha o cálice cheio e volte ao ninho. Volte ao ovo. Cultive seu próprio jardim. Faça sua própria comida. Vá viver no campo. Entre em contato com as forças da natureza. Tire fotos minhas com sua câmera antiga. Tire fotos dessa paisagem. Não diga isso. Isso não se diz. Diga o que quiser. Não deixe ninguém lhe dizer o que dizer. Fique quieto. Me ame pelo resto da sua vida. Roa as unhas quando não estivermos vendo. Viaje muito, mas volte para casa. Viaje para voltar. Contente-se com o que tem. Acomode-se. Adapte-se. Desenvolva novos membros e aqueles que não lhe servem atrofie ou ampute ou coma para aproveitar a energia. A evolução é inevitável. Estamos todos mudando. O importante é preservar. Quem não preserva não muda. Quem muda preserva mudando. Reinsira-se. Não seja conservador. Se a perna não funciona para você, corte-a. Veja: uma estrela cadente. Veja: um raio no meio do campo e os cavalos relinchando de medo. Como é lindo ver queimar o que cultivamos com tanto esforço. Lute para que tudo o que você ama seja declarado patrimônio cultural da humanidade. Não fale com a boca cheia de animal morto. Não fique assim. Tire a máscara. Seja você mesmo. Mostre-se como você é. Queremos ver seu imago. A hora do zip-a-dee-doo-dah está chegando. Nos ajude. Sua ajuda pode fazer a diferença. Não nos importa o que você faz. Faça o que fizer, sempre entenderemos você. Baixe esse tom. Todas as pessoas extremistas são iguais. Os extremos se tocam. Moderação extrema. Encontre seu lugar natural sem sair de casa. Transforme seu lixo em uma fonte de eletricidade barata. Prepare-se para a mudança. Tudo está mudando. Você está mudando. Eu estou mudando. Não fique para trás. Fuja antes. Fuja para casa outra vez. Não há escapatória. Minha casa é sua casa. A luta continua. Das montanhas da Colômbia. Estamos todos mudando para que tudo continue igual. Não espere que lhe ofereçam trabalho. Crie seu próprio trabalho. Largue seu trabalho. Venha conosco para a era da Restauração. Economizemos água. Apague a luz e agora apague a luz. E agora apague a luz. Semeie doçura. Semeie um cantar. Colha fortuna e felicidade.

FONTES
Fakt e Heldane Text
PAPEL
Pólen Bold
IMPRESSÃO
Lis Gráfica